E

MATEO FALCONE
VISION DE CHARLES XI
L'ENLÈVEMENT DE LA REDOUTE
TAMANGO
LE VASE ÉTRUSQUE
LA PARTIE DE TRICTRAC

NOUVELLES

TEXTE INTÉGRAL

Classiques Hachette

Texte conforme à l'édition de 1833.

*Notes explicatives, questionnaires, bilans,
documents et parcours thématique*

établis par
Hervé ALVADO,
professeur certifié de Lettres classiques.

Mérimée et ses nouvelles   4
Les nouvelles d'hier à aujourd'hui.   6

NOUVELLES *(texte intégral)*

Mateo Falcone.   11
Vision de Charles XI   29
L'Enlèvement de la redoute   39
Tamango   47
Le Vase étrusque.   81
La Partie de trictrac   113

MÉRIMÉE ET SON TEMPS

Chronologie   142
Écrire au temps de Mérimée   146

À PROPOS DE L'ŒUVRE

Les sources des nouvelles   148
Statut du narrateur   151
Structure narrative.   153
Critiques et jugements   155

PARCOURS THÉMATIQUE

La mort violente   159
Batailles navales.   161
Index thématique   163

ANNEXES

Lexique des noms propres   171
Lexique stylistique.   173
Bibliographie, filmographie.   174

Les mots suivis du signe (•) sont définis dans les lexiques,
à partir de la p. 171.

Prosper Mérimée
1853
D'après un dessin de Rochard

Avant de publier, en 1829 et 1830,
les six nouvelles qui composent ce recueil,
le jeune Mérimée s'était surtout fait connaître
par son goût de la supercherie :
il avait signé sa première œuvre
du nom d'une pseudo-comédienne espagnole,
et la deuxième, de celui d'un pseudo-barde illyrique
dont il se disait le traducteur...
Cette année 1829, où il commence à publier
ses nouvelles dans La Revue de Paris
et dans La Revue française,
il fait paraître La Chronique du règne de Charles IX.
Il fréquente, depuis quatre ans,
plusieurs salons mondains ou littéraires
comme celui de Delécluze,
a écrit quelque peu dans le journal libéral Le Globe,
s'est lié d'amitié avec Stendhal, connaît Hugo :
à vingt-six ans donc, Mérimée n'est plus un inconnu.
Cependant, c'est avec des nouvelles rigoureusement
*contemporaines d'*Henri III et sa cour *(Dumas),*
*d'*Hernani *(Hugo) et des* Harmonies poétiques et
religieuses *(Lamartine),*
qu'il commence véritablement à être apprécié.
Ces récits : Mateo Falcone, Vision de Charles XI,
L'Enlèvement de la redoute, Tamango,
Le Vase étrusque, La Partie de trictrac,
seront repris en 1833, avec une ballade,
une pièce en un acte et trois lettres d'Espagne,
dans un recueil au titre significatif : Mosaïque.

CHRONOLOGIE DES NOUVELLES

1829 *Mateo Falcone*
     Vision de Charles XI
     L'Enlèvement de la redoute ⎫ Toutes ces nouvelles
     Tamango   ⎬ paraîtront dans le recueil
     Federigo   ⎭ ***Mosaïque*** en 1833.
1830 *Le Vase étrusque*
     La Partie de trictrac
1833 ***Mosaïque***
1837 *La Vénus d'Ille* ⟶ paraîtra en 1841 dans
                         Colomba.
1840 *Colomba*
1841
1842
1844 *Arsène Guillot*   Les nouvelles de ***Mosaïque***
1845 *Carmen*   paraîtront en 1842 dans
1846 *L'Abbé Aubain*   *Colomba* (excepté *Federigo*).
1869 *Lokis*
1871 *La Chambre bleue* (1866)
1873 *Djoûmane* (1870)   posthume
     Il viccolo di Madama   posthume
     Lucrezia

LA NOUVELLE APRÈS MÉRIMÉE

Barbey d'Aurevilly (1808-1889) publie en 1874 *Les Diaboliques*, recueil de six nouvelles : *Le Rideau cramoisi, Le Plus Bel Amour de Don Juan, Le Bonheur dans le crime, Le Dessous de cartes d'une partie de whist, À un dîner d'athées, La Vengeance d'une femme.*

Villiers de l'Isle-Adam (1838-1889) réunit dans ses *Contes cruels* (1883) des nouvelles déjà publiées dans des revues, comme *L'Intersigne* (1868), *Véra, Les Demoiselles de Bienfilâtre* (1874)... En 1887 paraît *Tribulat Bonhomet* qui regroupe cinq contes (dont *Claire Lenoir*, publié en 1867). En 1888, il publie un nouveau recueil : *Nouveaux Contes cruels.*

Maupassant (1850-1893). Sa courte mais intense vie d'écrivain commence en 1880 avec *Boule de Suif*, pour s'achever pratiquement en 1890 avec *L'Inutile Beauté*. A publié de nombreux recueils de nouvelles : *La Maison Tellier* (1881), *Mademoiselle Fifi* (1882), *Clair de lune, Les Contes de la bécasse* (1883), *Yvette, Les Sœurs Rondoli, Miss Harriett* (1884), *Contes du jour et de la nuit, Monsieur Parent* (1885), *Toine, La Petite Roque* (1886), *Le Horla* (1887), *Le Rosier de Madame Husson* (1888), *La Main gauche* (1889)...

Il est paradoxal de constater que c'est en pleine
période romantique,
période qui se complaît dans la démesure,
que Mérimée a donné à ce genre littéraire
une concision et une sobriété toutes classiques.
Historiques, psychologiques, satiriques,
les nouvelles abordent tous les sujets,
revêtent les formes les plus diverses et,
sans digressions, sans notations inutiles,
vont droit à l'essentiel, entraînant le lecteur
vers un dénouement inévitable,
comme marqué par la fatalité.
Mérimée, certes, sacrifie au goût du jour,
et les passions excessives, la cruauté et l'horreur,
le sang et la mort, ne sont pas absentes de son œuvre.
Aujourd'hui encore, sans doute,
des meurtres d'enfants se produisent,
l'esclavage n'est pas aboli dans les faits,
l'homme est pris dans la tourmente des guerres,
confronté à l'inexplicable, soumis à la fatalité.
Mais au-delà de la permanence des thèmes,
c'est la vérité des peintures de Mérimée
et l'économie des moyens qu'il met en œuvre
(une action peu chargée de matière et un style
qui tire sa force de sa concision),
qui font de lui un auteur classique, toujours d'actualité
Voilà pourquoi, sans doute,
ces nouvelles, régulièrement rééditées,
n'ont jamais vu leur succès se démentir.

HÉNNER.

PROSPER MÉRIMÉE

MATEO FALCONE
VISION DE CHARLES XI
L'ENLÈVEMENT DE LA REDOUTE
TAMANGO
LE VASE ÉTRUSQUE
LA PARTIE DE TRICTRAC

AVERTISSEMENT

• Le texte original des nouvelles ici reproduites ne comportait aucune subdivision : pour les plus longues d'entre elles toutefois, nous avons jugé pédagogiquement préférable de les scinder en plusieurs parties. Nous avons néanmoins conserver une numérotation continue des lignes de ces textes, afin de rappeler leur continuité d'origine.
• D'autre part, nous avons pris le parti de moderniser l'orthographe de tous les textes.
• Enfin, les notes de bas de page signalées par des astérisques sont de Mérimée lui-même.

15 cent. le numéro.

LE PETIT

8 francs par an.

MONITEUR ILLUSTR

Un an, 8 fr. — Six mois, 4 fr.
On s'abonne pour *Paris et les départements* :
13, Quai Voltaire, 13
en envoyant un mandat sur la Poste.

DIMANCHE 3 MAI 1885. — N° 18

Les annonces et insertions sont re,
Chez M. L. AUDBOURG et C°, 16, place d
et dans les Bureaux du journa
13, Quai Voltaire.

MATEO FALCONE

Nouvelle, par Prosper MÉRIMÉE

« Mateo Falcone avait armé son fusil et le couchait en joue en lui disant: — Que Dieu te pardonne !

MATEO FALCONE
1829

En sortant de Porto Vecchio• et se dirigeant au N.-O., vers l'intérieur de l'île, on voit le terrain s'élever assez rapidement, et, après trois heures de marche par des sentiers tortueux, obstrués par de gros quartiers de rocs, et quelquefois coupés par des ravins, on se trouve sur le bord d'un *maquis* très étendu. Le maquis est la patrie des bergers corses et de quiconque s'est brouillé avec la justice. Il faut savoir que le laboureur corse, pour s'épargner la peine de fumer son champ, met le feu à une certaine étendue de bois : tant pis si la flamme se répand plus loin que besoin n'est ; arrive que pourra, on est sûr d'avoir une bonne récolte en semant sur cette terre fertilisée par les cendres des arbres qu'elle portait. Les épis enlevés, car on laisse la paille, qui donnerait de la peine à recueillir, les racines qui sont restées en terre sans se consumer poussent au printemps suivant des cepées très épaisses qui, en peu d'années, parviennent à une hauteur de sept ou huit pieds. C'est cette manière de taillis fourré que l'on nomme maquis. Différentes espèces d'arbres et d'arbrisseaux le composent, mêlés et confondus comme il plaît à Dieu. Ce n'est que la hache à la main que l'homme s'y ouvrirait un passage et l'on voit des maquis si épais et si touffus que les mouflons[1] eux-mêmes ne peuvent y pénétrer.

Si vous avez tué un homme, allez dans le maquis de Porto-Vecchio, et vous y vivrez en sûreté, avec un bon fusil, de la poudre et des balles ; n'oubliez pas un manteau brun garni d'un capuchon*, qui sert de couverture

* Pilone.

---

1. *mouflons* : espèce de moutons sauvages.

et de matelas. Les bergers vous donnent du lait, du fro-
30 mage et des châtaignes, et vous n'aurez rien à craindre
de la justice ou des parents du mort, si ce n'est quand il
vous faudra descendre à la ville pour y renouveler vos
munitions.

Mateo Falcone, quand j'étais en Corse, en 18–, avait sa
35 maison à une demi-lieue[1] de ce maquis. C'était un
homme assez riche pour le pays; vivant noblement,
c'est-à-dire sans rien faire, du produit de ses troupeaux
que des bergers, espèce de nomades, menaient paître çà
et là sur les montagnes. Lorsque je le vis, deux années
40 après l'événement que je vais raconter, il me parut âgé
de cinquante ans tout au plus. Figurez-vous un homme
petit mais robuste, avec des cheveux crépus, noirs
comme le jais[2], un nez aquilin[3], les lèvres minces, les
yeux grands et vifs, et un teint couleur de revers de
45 bottes. Son habileté au tir du fusil passait pour extraordinaire, même dans son pays, où il y a tant de bons
tireurs. Par exemple, Mateo n'aurait jamais tiré sur un
mouflon avec des chevrotines[4], mais à cent vingt pas il
l'abattait d'une balle dans la tête ou dans l'épaule, à son
50 choix. La nuit, il se servait de ses armes aussi facilement
que le jour, et l'on m'a cité de lui ce trait d'adresse qui
paraîtra peut-être incroyable à qui n'a pas voyagé en
Corse. À quatre-vingts pas on plaçait une chandelle allumée derrière un transparent de papier, large comme une
55 assiette. Il mettait en joue, puis on éteignait la chandelle,
et, au bout d'une minute, dans l'obscurité la plus
complète, il tirait et perçait le transparent trois fois sur
quatre.

Avec un mérite aussi transcendant, Mateo Falcone
60 s'était attiré une grande réputation. On le disait aussi
bon ami que dangereux ennemi : d'ailleurs serviable et
faisant l'aumône, il vivait en paix avec tout le monde

---

1. *demi-lieue* : deux km.
2. *jais* : lignite d'un noir brillant.
3. *aquilin* : en forme de bec d'aigle.
4. *chevrotines* : plombs de chasse d'un gros calibre.

dans le district de Porto-Vecchio. Mais on contait de lui
qu'à Corte•, où il avait pris femme, il s'était débarrassé
65 fort vigoureusement d'un rival qui passait pour aussi
redoutable en guerre qu'en amour : du moins on attri-
buait à Mateo certain coup de fusil qui surprit ce rival
comme il était à se raser devant un petit miroir pendu à
sa fenêtre. L'affaire assoupie, Mateo se maria. Sa femme
70 Giuseppa lui avait donné d'abord trois filles (dont il
enrageait), et enfin un fils, qu'il nomma Fortunato :
c'était l'espoir de sa famille, l'héritier du nom. Les filles
étaient bien mariées : leur père pouvait compter au
besoin sur les poignards et les escopettes[1] de ses
75 gendres. Le fils n'avait que dix ans, mais il annonçait
déjà d'heureuses dispositions.

Un certain jour d'automne, Mateo sortit de bonne heure
avec sa femme pour aller visiter un de ses troupeaux
dans une clairière du maquis. Le petit Fortunato voulait
80 l'accompagner, mais la clairière était trop loin ; d'ailleurs
il fallait bien que quelqu'un restât pour garder la maison ; le père refusa donc : on verra s'il n'eut pas lieu de
s'en repentir.

Il était absent depuis quelques heures, et le petit Fortu-
85 nato était tranquillement étendu au soleil, regardant les
montagnes bleues, et pensant que le dimanche prochain
il irait dîner à la ville, chez son oncle le *caporal**, quand
il fut soudainement interrompu dans ses méditations par
l'explosion d'une arme à feu. Il se leva et se tourna du
90 côté de la plaine d'où partait ce bruit. D'autres coups de
fusil se succédèrent, tirés à intervalles inégaux, et toujours de plus en plus rapprochés ; enfin, dans le

---

* Les caporaux furent autrefois les chefs que se donnèrent les communes corses
quand elles s'insurgèrent contre les seigneurs féodaux. Aujourd'hui on donne encore
quelquefois ce nom à un homme qui, par ses propriétés, ses alliances et sa clientèle,
exerce une influence et une sorte de magistrature effective sur une *pieve* ou un
canton. Les Corses se divisent, par une ancienne habitude, en cinq castes : les
gentilshommes (dont les uns sont *magnifiques*, les autres *signori*), les *caporali*, les
citoyens, les *plébéiens* et les *étrangers*.

---

1. *escopettes* : armes à feu à bouche évasée.

sentier qui menait de la plaine à la maison de Mateo
parut un homme, coiffé d'un bonnet pointu comme en
95 portent les montagnards, barbu, couvert de haillons,
et se traînant avec peine en s'appuyant sur son fusil. Il
venait de recevoir un coup de feu dans la cuisse.

Cet homme était un *bandit**, qui, étant parti de nuit pour
aller acheter de la poudre à la ville, était tombé en route
100 dans une embuscade de voltigeurs corses**. Après une
vigoureuse défense, il était parvenu à faire sa retraite,
vivement poursuivi et tiraillant de rocher en rocher.
Mais il avait peu d'avance sur les soldats, et sa blessure
le mettait hors d'état de gagner le maquis avant d'être
105 rejoint.

Il s'approcha de Fortunato et lui dit :
«Tu es le fils de Mateo Falcone ?

– Oui.

– Moi je suis Gianetto Sanpiero. Je suis poursuivi par les
110 collets jaunes***. Cache-moi, car je ne puis aller plus
loin.

– Et que dira mon père si je te cache sans sa permission ?

– Il dira que tu as bien fait.

115 – Qui sait ?

– Cache-moi vite ; ils viennent.

– Attends que mon père soit revenu.

– Que j'attende ! malédiction ! Ils seront ici dans cinq
minutes. Allons, cache-moi, ou je te tue. »

120 Fortunato lui répondit avec le plus grand sang-froid :
«Ton fusil est déchargé, et il n'y a plus de cartouche
dans ta carchera****

– J'ai mon stylet[1].

* Ce mot est ici synonyme de proscrit.
** C'est un corps levé depuis peu d'années par le gouvernement, et qui sert concur-
remment avec la gendarmerie au maintien de la police.
*** L'uniforme des voltigeurs était alors un habit brun avec un collet jaune.
**** Ceinture de cuir qui sert de giberne et de portefeuille.

1. *stylet* : petit poignard à lame effilée.

– Mais courras-tu aussi vite que moi ? » Il fit un saut et
se mit hors d'atteinte.

« Tu n'es pas le fils de Mateo Falcone ! Me laisseras-tu
donc arrêter devant ta maison ? »

L'enfant parut touché.

« Que me donneras-tu si je te cache ? » dit-il en se
rapprochant.

Le bandit fouilla dans une poche de cuir qui pendait à
sa ceinture, et il en tira une pièce de cinq francs qu'il
avait réservée sans doute pour acheter de la poudre. Fortunato sourit à la vue de la pièce d'argent ; il s'en saisit,
et dit à Gianetto : « Ne crains rien. »

Aussitôt il fit un grand trou dans un tas de foin placé
auprès de la maison. Gianetto s'y blottit, et l'enfant le
recouvrit de manière à lui laisser un peu d'air pour respirer, sans qu'il fût possible cependant de soupçonner que
ce foin cachât un homme. Il s'avisa, de plus, d'une
finesse de sauvage assez ingénieuse. Il alla prendre une
chatte et ses petits, et les établit sur le tas de foin pour
faire croire qu'il n'avait pas été remué depuis peu.
Ensuite, remarquant des traces de sang sur le sentier
près de la maison, il les couvrit de poussière avec soin,
et, cela fait, il se recoucha au soleil avec la plus grande
tranquillité.

Quelques minutes après, six hommes en uniforme
brun à collet jaune, et commandés par un adjudant,
étaient devant la porte de Mateo. Cet adjudant était
quelque peu parent de Falcone. (On sait qu'en Corse on
suit les degrés de parenté beaucoup plus loin qu'ailleurs.) Il se nommait Tiodoro Gamba : c'était un homme
actif, fort redouté des bandits dont il avait déjà traqué
plusieurs.

« Bonjour, petit cousin, dit-il à Fortunato en l'abordant ;
comme te voilà grandi ! As-tu vu passer un homme tout à
l'heure ?

– Oh ! je ne suis pas encore si grand que vous, mon
cousin, répondit l'enfant d'un air niais.

– Cela viendra. Mais n'as-tu pas vu passer un homme,
dis-moi ?

– Si j'ai vu passer un homme ?

– Oui, un homme avec un bonnet pointu en velours
165 noir, et une veste brodée de rouge et de jaune ?

– Un homme avec un bonnet pointu, et une veste brodée de rouge et de jaune ?

– Oui, réponds vite, et ne répète pas mes questions.

– Ce matin, M. le curé est passé devant notre porte, sur
170 son cheval Piero. Il m'a demandé comment papa se portait, et je lui ai répondu...

– Ah ! petit drôle, tu fais le malin ! Dis-moi vite par où
est passé Gianetto, car c'est lui que nous cherchons ; et,
j'en suis certain, il a pris par ce sentier.

175 – Qui sait ?

– Qui sait ? C'est moi qui sais que tu l'as vu.

– Est-ce qu'on voit les passants quand on dort ?

– Tu ne dormais pas, vaurien ; les coups de fusil t'ont
réveillé.

180 – Vous croyez donc, mon cousin, que vos fusils font
tant de bruit. L'escopette de mon père en fait bien
davantage.

– Que le diable te confonde ! maudit garnement ! Je suis
bien sûr que tu as vu le Gianetto. Peut-être même l'as-tu
185 caché. Allons, camarades, entrez dans cette maison, et
voyez si notre homme n'y est pas. Il n'allait plus que
d'une patte, et il a trop de bon sens, le coquin, pour
avoir cherché à gagner le maquis en clopinant. D'ailleurs
les traces de sang s'arrêtent ici.

190 – Et que dira papa ? demanda Fortunato en ricanant ;
que dira-t-il s'il sait qu'on est entré dans sa maison pendant qu'il était sorti ?

– Vaurien ! dit l'adjudant Gamba en le prenant par
l'oreille, sais-tu qu'il ne tient qu'à moi de te faire chan-
195 ger de note ? Peut-être qu'en te donnant une vingtaine
de coups de plat de sabre tu parleras enfin. »

Et Fortunato ricanait toujours.

« Mon père est Mateo Falcone ! » dit-il avec emphase[1].

« Sais-tu bien, petit drôle, que je puis t'emmener à Corte
200 ou à Bastia•. Je te ferai coucher dans un cachot, sur la

---

1. *emphase* : contraire de simplicité ; grandiloquence, exagération dans le ton.

paille, les fers aux pieds, et je te ferai guillotiner si tu ne dis où est Gianetto Sanpiero.»

L'enfant éclata de rire à cette ridicule menace. Il répéta : «Mon père est Mateo Falcone!

205 – Adjudant, dit tout bas un des voltigeurs, ne nous brouillons pas avec Mateo.»

Gamba paraissait évidemment embarrassé. Il causait à voix basse avec ses soldats qui avaient déjà visité toute la maison. Ce n'était pas une opération fort longue, car la 210 cabane d'un Corse ne consiste qu'en une seule pièce carrée. L'ameublement se compose d'une table, de bancs, de coffres et d'ustensiles de chasse ou de ménage. Cependant le petit Fortunato caressait sa chatte, et semblait jouir malignement de la confusion des voltigeurs et 215 de son cousin.

Un soldat s'approcha du tas de foin. Il vit la chatte, et donna un coup de baïonnette dans le foin avec négligence, et haussant les épaules comme s'il sentait que sa précaution était ridicule. Rien ne remua; et le visage de 220 l'enfant ne trahit pas la plus légère émotion.

L'adjudant et sa troupe se donnaient au diable; déjà ils regardaient sérieusement du côté de la plaine comme disposés à s'en retourner par où ils étaient venus, quand leur chef, convaincu que les menaces ne produiraient 225 aucune impression sur le fils de Falcone, voulut faire un dernier effort et tenter le pouvoir des caresses et des présents.

«Petit cousin, dit-il, tu me parais un gaillard bien éveillé! Tu iras loin. Mais tu joues un vilain jeu avec 230 moi; et si je ne craignais de faire de la peine à mon cousin Mateo, le diable m'emporte! je t'emmènerais avec moi.

– Bah!

– Mais quand mon cousin sera revenu, je lui conterai 235 l'affaire, et pour ta peine d'avoir menti il te donnera le fouet jusqu'au sang.

– Savoir?

– Tu verras... mais, tiens... sois brave garçon, et je te donnerai quelque chose.

240 – Moi, mon cousin, je vous donnerai un avis, c'est que si vous tardez davantage, le Gianetto sera dans le

17

maquis, et alors il faudra plus d'un luron[1] comme vous pour aller l'y chercher. »

L'adjudant tira de sa poche une montre d'argent qui
245 valait bien dix écus ; et, remarquant que les yeux du petit Fortunato étincelaient en la regardant, il lui dit en tenant la montre suspendue au bout de sa chaîne d'acier.

« Fripon ! tu voudrais bien avoir une montre comme
250 celle-ci suspendue à ton col, et tu te promènerais dans les rues de Porto-Vecchio, fier comme un paon ; et les gens te demanderaient : Quelle heure est-il ? et tu leur dirais : Regardez à ma montre.

— Quand je serai grand, mon oncle le caporal me don-
255 nera une montre.

— Oui, mais le fils de ton oncle en a déjà une... pas aussi belle que celle-ci, à la vérité... Cependant il est plus jeune que toi. »

L'enfant soupira.

260 « Eh bien, la veux-tu, cette montre, petit cousin ? »

Fortunato, lorgnant la montre du coin de l'œil, ressemblait à un chat à qui l'on présente un poulet tout entier. Comme il sent qu'on se moque de lui, il n'ose y porter la griffe, et de temps en temps il détourne les
265 yeux pour ne pas s'exposer à succomber à la tentation : mais il se lèche les babines à tout moment, et il a l'air de dire à son maître : Que votre plaisanterie est cruelle !

Cependant l'adjudant Gamba semblait de bonne foi en présentant sa montre. Fortunato n'avança pas la
270 main ; mais il lui dit avec un sourire amer : « Pourquoi vous moquez-vous de moi* ?

— Par Dieu ! je ne me moque pas. Dis-moi seulement où est Gianetto, et cette montre est à toi. »

Fortunato laissa échapper un sourire d'incrédulité ; et
275 fixant ses yeux noirs sur ceux de l'adjudant, il s'efforçait d'y lire la foi qu'il devait avoir en ses paroles.

* *Perchè me c...?*

---

1. *luron* : homme que rien n'effarouche, lascar (fam.).

«Que je perde mon épaulette[1], s'écria l'adjudant, si je
ne te donne pas la montre à cette condition! Les camarades sont témoins; et je ne puis m'en dédire.»

280 En parlant ainsi il approchait toujours la montre, tant,
qu'elle touchait presque la joue pâle de l'enfant. Celui-ci
montrait bien sur sa figure le combat que se livraient en
son âme la convoitise et le respect dû à l'hospitalité. Sa
poitrine nue se soulevait avec force, et il semblait près
285 d'étouffer. Cependant la montre oscillait, tournait, et
quelquefois lui heurtait le bout du nez. Enfin, peu à peu
sa main droite s'éleva vers la montre : le bout de ses
doigts la toucha; et elle pesait tout entière dans sa main
sans que l'adjudant lachât pourtant le bout de la
290 chaîne... Le cadran était azuré... la boîte nouvellement
fourbie[2]... au soleil elle paraissait toute de feu... La tentation était trop forte.

Fortunato éleva aussi sa main gauche, et indiqua du
pouce, par-dessus son épaule, le tas de foin auquel il
295 était adossé. L'adjudant le comprit aussitôt. Il aban-
donna l'extrémité de la chaîne; Fortunato se sentit seul
possesseur de la montre. Il se leva avec l'agilité d'un
daim, et s'éloigna de dix pas du tas de foin, que les
voltigeurs se mirent aussitôt à culbuter.

300 On ne tarda pas à voir le foin s'agiter; et un homme
sanglant, le poignard à la main, en sortit : mais, comme
il essayait de se lever en pieds, sa blessure refroidie ne
lui permit plus de se tenir debout. Il tomba. L'adjudant
se jeta sur lui et lui arracha son stylet. Aussitôt on le
305 garrotta fortement, malgré sa résistance.

Gianetto, couché par terre et lié comme un fagot,
tourna la tête vers Fortunato, qui s'était rapproché. «Fils
de...!» lui dit-il avec plus de mépris que de colère. L'enfant lui jeta la pièce d'argent qu'il en avait reçue, sentant
310 qu'il avait cessé de la mériter; mais le proscrit n'eut pas
l'air de faire attention à ce mouvement. Il dit avec beau-

---

1. *épaulette* : ornement fixé sur les épaules de la tunique militaire, porté surtout par
les gradés.
2. *fourbie* : polie, astiquée.

coup de sang-froid à l'adjudant : « Mon cher Gamba, je ne puis marcher ; vous allez être obligé de me porter à la ville.

315 – Tu courais tout à l'heure plus vite qu'un chevreuil, repartit le cruel vainqueur ; mais sois tranquille : je suis si content de te tenir, que je te porterais une lieue sur mon dos sans être fatigué. Au reste, mon camarade, nous allons te faire une litière avec des branches et ta 320 capote ; et à la ferme de Crespoli nous trouverons des chevaux.

– Bien, dit le prisonnier ; vous mettrez aussi un peu de paille sur votre litière, pour que je sois plus commodément. »

325 Pendant que les voltigeurs s'occupaient, les uns à faire une espèce de brancard avec des branches de châtaignier, les autres à panser la blessure de Gianetto, Mateo Falcone et sa femme parurent tout d'un coup au détour d'un sentier qui conduisait au maquis. La femme s'avan-330 çait courbée péniblement sous le poids d'un énorme sac de châtaignes, tandis que son mari se prélassait, ne portant qu'un fusil à la main et un autre en bandoulière ; car il est indigne d'un homme de porter d'autre fardeau que ses armes.

335 À la vue des soldats, la première pensée de Mateo fut qu'ils venaient pour l'arrêter. Mais pourquoi cette idée ? Mateo avait-il donc quelques démêlés avec la justice ? Non. Il jouissait d'une bonne réputation. C'était, comme on dit, un *particulier bien famé*[1] ; mais il était 340 Corse et montagnard, et il y a peu de Corses montagnards qui, en scrutant bien leur mémoire, n'y trouvent quelque peccadille, telle que coups de fusil, coups de stylet et autres bagatelles. Mateo, plus qu'un autre, avait la conscience nette ; car depuis plus de dix ans il n'avait 345 dirigé son fusil contre un homme ; mais toutefois il était prudent, et il se mit en posture de faire une belle défense, s'il en était besoin.

« Femme, dit-il, à Giuseppa, mets bas ton sac et tiens-

---

1. *bien famé* : jouissant d'une bonne renommée.

toi prête.» Elle obéit sur-le-champ. Il lui donna le fusil
350 qu'il avait en bandoulière et qui aurait pu le gêner. Il
arma celui qu'il avait à la main, et il s'avança lentement
vers sa maison, longeant les arbres qui bordaient le chemin, et prêt, à la moindre démonstration hostile, à se
jeter derrière le plus gros tronc, d'où il aurait pu faire feu
355 à couvert. Sa femme marchait sur ses talons, tenant son
fusil de rechange et sa giberne[1]. L'emploi d'une bonne
ménagère, en cas de combat, est de charger les armes de
son mari.

D'un autre côté, l'adjudant était fort en peine en
360 voyant Mateo s'avancer ainsi, à pas comptés, le fusil en
avant et le doigt sur la détente. Si par hasard, pensa-t-il,
Mateo se trouvait parent de Gianetto, ou s'il était son
ami, et qu'il voulût le défendre, les bourres[2] de ses deux
fusils arriveraient à deux d'entre nous, aussi sûr qu'une
365 lettre à la poste, et s'il me visait, nonobstant[3] la
parenté!...

Dans cette perplexité, il prit un parti fort courageux,
ce fut de s'avancer seul vers Mateo pour lui conter l'affaire, en l'abordant comme une vieille connaissance ;
370 mais le court intervalle qui le séparait de Mateo lui parut
terriblement long.

«Holà! eh! mon vieux camarade, criait-il, comment
cela va-t-il, mon brave? C'est moi, je suis Gamba, ton
cousin.»
375 Mateo, sans répondre un mot, s'était arrêté, et à
mesure que l'autre parlait il relevait doucement le canon
de son fusil, de sorte qu'il était dirigé vers le ciel au
moment où l'adjudant le joignit.

«Bonjour, frère*, dit l'adjudant en lui tendant la main.
380 Il y a bien longtemps que je ne t'ai vu.
– Bonjour, frère.
– J'étais venu pour te dire bonjour en passant, et à ma

* *Buon giorno fratello,* salut ordinaire des Corses.

---

1. *giberne* : ancienne boîte à cartouches des soldats.
2. *bourres* : ce qui maintient en place la charge d'une cartouche, balle, par
métonymie•.
3. *monobstant* : malgré, en dépit de.

cousine Pepa. Nous avons fait une longue traite
aujourd'hui ; mais il ne faut pas plaindre notre fatigue,
385 car nous avons fait une fameuse prise. Nous venons
d'empoigner Gianetto Sanpiero.

– Dieu soit loué ! s'écria Giuseppa. Il nous a volé une
chèvre laitière la semaine passée. »

Ces mots réjouirent Gamba.

390 « Pauvre diable ! dit Mateo, il avait faim.

– Le drôle s'est défendu comme un lion, poursuivit l'adjudant un peu mortifié ; il m'a tué un de mes voltigeurs,
et non content de cela, il a cassé le bras au caporal
Chardon ; mais il n'y a pas grand mal, ce n'était qu'un
395 Français... Ensuite il s'était si bien caché que le diable
ne l'aurait pu découvrir. Sans mon petit cousin Fortunato, je ne l'aurais jamais pu trouver.

– Fortunato ! s'écria Mateo.

– Fortunato ! répéta Giuseppa.

400 – Oui, le Gianetto s'était caché sous ce tas de foin là-
bas ; mais mon petit cousin m'a montré la malice. Aussi
je le dirai à son oncle le caporal, afin qu'il lui envoie un
beau cadeau pour sa peine. Et son nom et le tien seront
dans le rapport que j'enverrai à M. l'avocat général.

405 – Malédiction ! » dit tout bas Mateo.

Ils avaient rejoint le détachement. Gianetto était déjà
couché sur la litière et prêt à partir. Quand il vit Mateo
en la compagnie de Gamba, il sourit d'un sourire
étrange ; puis, se tournant vers la porte de la maison, il
410 cracha sur le seuil en disant : « Maison d'un traître ! »

Il n'y avait qu'un homme décidé à mourir qui eût osé
prononcer le mot de traître en l'appliquant à Falcone.
Un bon coup de stylet, qui n'aurait pas eu besoin d'être
répété, aurait immédiatement payé l'insulte. Cependant
415 Mateo ne fit pas d'autre geste que celui de porter sa
main à son front comme un homme accablé.

Fortunato était entré dans la maison en voyant arriver
son père. Il reparut bientôt avec une jatte[1] de lait, qu'il
présenta les yeux baissés à Gianetto. « Loin de moi ! » lui

---

1. *jatte* : vase large et peu profond.

cria le proscrit d'une voix foudroyante. Puis se tournant vers un des voltigeurs : «Camarade, donne-moi à boire,» dit-il. Le soldat remit sa gourde entre ses mains, et le bandit but l'eau que lui donnait un homme avec lequel il venait d'échanger des coups de fusil. Ensuite il demanda qu'on lui attachât les mains de manière qu'il les eût croisées sur sa poitrine, au lieu de les avoir liées derrière le dos. «J'aime, disait-il, à être couché à mon aise.» On s'empressa de le satisfaire ; puis l'adjudant donna le signal du départ, dit adieu à Mateo, qui ne lui répondit pas, et descendit au pas accéléré vers la plaine.

Il se passa près de dix minutes avant que Mateo ouvrît la bouche. L'enfant regardait d'un œil inquiet tantôt sa mère et tantôt son père, qui, s'appuyant sur son fusil, le considérait avec une expression de colère concentrée.

«Tu commences bien ! dit enfin Mateo d'une voix calme, mais effrayante pour qui connaissait l'homme.

– Mon père !» s'écria l'enfant en s'avançant les larmes aux yeux comme pour se jeter à ses genoux. Mais Mateo lui cria : «Arrière de moi !» Et l'enfant s'arrêta et sanglota, immobile à quelques pas de son père.

Giuseppa s'approcha. Elle venait d'apercevoir la chaîne de la montre, dont un bout sortait de la chemise de Fortunato.

«Qui t'a donné cette montre ?» demanda-t-elle d'un ton sévère.

«Mon cousin l'adjudant.»

Falcone saisit la montre, et, la jetant avec force contre une pierre, il la mit en mille pièces.

«Femme, dit-il, cet enfant est-il de moi ?»

Les joues brunes de Giuseppa devinrent d'un rouge de brique.

«Que dis-tu, Mateo ? et sais-tu bien à qui tu parles ?

– Eh bien ! cet enfant est le premier de sa race qui ait fait une trahison.»

Les sanglots et les hoquets de Fortunato redoublèrent, et Falcone tenait ses yeux de lynx toujours attachés sur lui. Enfin il frappa la terre de la crosse de son fusil, puis le rejeta sur son épaule et reprit le chemin du maquis en criant à Fortunato de le suivre. L'enfant obéit.

Giuseppa courut après Mateo et lui saisit le bras.

« C'est ton fils, lui dit-elle d'une voix tremblante en attachant ses yeux noirs sur ceux de son mari, comme pour lire ce qui se passait dans son âme.

– Laisse-moi, répondit Mateo ; je suis son père. »

465   Giuseppa embrassa son fils et rentra en pleurant dans sa cabane. Elle se jeta à genoux devant une image de la Vierge et pria avec ferveur. Cependant Falcone marcha quelque deux cents pas dans le sentier et ne s'arrêta que
470 dans un petit ravin où il descendit. Il sonda la terre avec la crosse de son fusil et la trouva molle et facile à creuser. L'endroit lui parut convenable pour son dessein.

« Fortunato, va auprès de cette grosse pierre. »

L'enfant fit ce qu'il lui commandait, puis il s'agenouilla.

475   « Dis tes prières.

– Mon père, mon père, ne me tuez pas !

– Dis tes prières ! » répéta Mateo d'une voix terrible.

L'enfant, tout en balbutiant et en sanglotant, récita le *Pater* et le *Credo*. Le père, d'une voix forte, répondait
480 *Amen !* à la fin de chaque prière.

« Sont-ce là toutes les prières que tu sais ?

– Mon père, je sais encore l'*Ave Maria* et la litanie[1] que ma tante m'a apprise.

– Elle est bien longue, n'importe. »

485   L'enfant acheva la litanie d'une voix éteinte.

« As-tu fini ?

– Oh ! mon père, grâce ! pardonnez-moi ! Je ne le ferai plus ! Je prierai tant mon cousin le caporal qu'on fera grâce au Gianetto ! »

490   Il parlait encore ; Mateo avait armé son fusil et le couchait en joue en lui disant : « Que Dieu te pardonne ! » L'enfant fit un effort désespéré pour se relever et embrasser les genoux de son père ; mais il n'en eut pas le temps. Mateo fit feu, et Fortunato tomba roide mort.

495   Sans jeter un coup d'œil sur le cadavre, Mateo reprit

---

1.   *litanie* : prière. Au pluriel, prières formées d'une suite de courtes invocations ; au singulier, c'est une énumération ennuyeuse. Mérimée semble jouer sur les deux sens : voir la réponse de Mateo.

le chemin de sa maison pour aller chercher une bêche afin d'enterrer son fils. Il avait fait à peine quelques pas qu'il rencontra Giuseppa, qui accourait alarmée du coup de feu.

500 « Qu'as-tu fait ? s'écria-t-elle.

– Justice.

– Où est-il ?

– Dans le ravin. Je vais l'enterrer. Il est mort en chrétien ; je lui ferai chanter une messe. Qu'on dise à mon 05 gendre Tiodoro Bianchi de venir demeurer avec nous. »

Lithographie pour Histoire de la Corse *par J. A. Galleti, Paris, 1863. B.N.*

25

Compréhension

1. Le narrateur* commence par décrire le lieu de l'action : comment explique-t-il la formation du maquis ? Pourquoi ce maquis est-il apprécié des bandits ?

2. Qu'apprenons-nous de Mateo Falcone, physiquement, moralement, socialement ? Pourquoi cette anecdote sur son passé ?

3. Le proscrit : pourquoi sa situation est-elle critique ? et même pathétique ?

4. Fortunato : quel est son âge ? Dans quelle mesure est-il en position de force face au bandit ?

5. Face aux « collets jaunes », Fortunato est-il intimidé ? Sur quel ton répond-il ? Sur quoi fonde-t-il son assurance ?

6. Quelles sont les différentes étapes du « trajet » de la montre, entre le moment où l'adjudant la sort de sa poche et le moment où l'enfant la saisit ? Êtes-vous surpris de cette acceptation ? Pourquoi ?

7. Pourquoi Mateo se tient-il sur ses gardes ? Et pourquoi les paroles de Giuseppa réjouissent-elles l'adjudant ?

8. Quels sont les gestes, les paroles du proscrit qui accablent Mateo ?

9. Que pensez-vous du dénouement ? Vous surprend-il malgré ce qui était dit du passé de Mateo ?

10. Quel est donc le sentiment qui semble prédominer en Corse ?

Écriture

11. Qui parle ? Que pouvons-nous savoir du narrateur ?

12. La nouvelle est émaillée de traits de couleur locale* : relevez tous les termes qui évoquent la Corse, sa géographie, ses mœurs...

13. Falcone signifie « faucon ». Une métaphore* assimile Mateo à un autre animal : lequel ?

14. À quels animaux sont comparés Gianetto ? Fortunato ?

15. Fortunato et la montre : relevez la phrase qui révèle le combat que se livrent deux sentiments dans l'âme de l'enfant, l'un personnel, l'autre typiquement corse.

Mise en perspective

– Mérimée : *Colomba*
– Maupassant : *Une Vendetta* dans le recueil *Boule de Suif*.

Gravure représentant un « soldat » corse vers 1840.
Bib. des Arts Décoratifs.

15 cent. le numéro.

8 francs par an.

LE PETIT
MONITEUR ILLUSTR

Un an, 8 fr. — Six mois, 4 fr.
On s'abonne pour *Paris et les départements* :
13, Quai Voltaire, 13
en envoyant un mandat sur la Poste

DIMANCHE 15 JANVIER 1888 — N° 3
QUATRIÈME ANNÉE

Les annonces et insertions sont re
Chez M. L. AUDBOURG et Cⁱᵉ, 10, place r
et dans les Bureaux du journa
13, Quai Voltaire.

VISION DE CHARLES XI

NOUVELLE, par Prosper MÉRIMÉE

« Avant que sa suite eût pu l'en empêcher, il avait ouvert l'épaisse porte de chêne... »

VISION DE CHARLES XI
1829

There are more things in heav'n and earth, Horatio,
Than are dreamt of in your philosophy[1].

SHAKESPEARE, *Hamlet.*

On se moque des visions et des apparitions surnaturelles ; quelques-unes, cependant, sont si bien attes-
tées, que, si l'on refusait d'y croire, on serait obligé, pour
être conséquent, de rejeter en masse tous les témoi-
gnages historiques.

Un procès-verbal en bonne forme, revêtu des signatures de quatre témoins dignes de foi, voilà ce qui garan-
tit l'authenticité du fait que je vais raconter. J'ajouterai
que la prédiction contenue dans ce procès-verbal était
connue et citée bien longtemps avant que des événements arrivés de nos jours aient paru l'accomplir.

Charles XI•, père du fameux Charles XII•, était un des
monarques les plus despotiques[2], mais un des plus sages
qu'ait eus la Suède. Il restreignit les privilèges mons-
trueux de la noblesse, abolit la puissance du sénat, et fit
des lois de sa propre autorité ; en un mot il changea la
constitution du pays, qui était oligarchique[3] avant lui, et
força les états à lui confier l'autorité absolue. C'était
d'ailleurs un homme éclairé, brave, fort attaché à la reli-

---

1. « Il y a plus de choses sur la terre et dans le ciel, Horatio, que n'en rêve votre
philosophie. » (*Hamlet*, 1, 5, cf. Classiques Hachette, n° 53, p. 42)
2. *despotiques* : tyranniques.
3. *oligarchique* : l'oligarchie est le gouvernement de quelques personnes, ou de
quelques familles.

20 gion luthérienne[1], d'un caractère inflexible, froid, posi-
tif, entièrement dépourvu d'imagination.
   Il venait de perdre sa femme Ulrique Éléonore.
Quoique sa dureté pour cette princesse eût, dit-on, hâté
sa fin, il l'estimait, et parut plus touché de sa mort qu'on
25 ne l'aurait attendu d'un cœur aussi sec que le sien.
Depuis cet événement il devint encore plus sombre et
taciturne[2] qu'auparavant, et se livra au travail avec une
application qui prouvait un besoin impérieux d'écarter
des idées pénibles.
30   À la fin d'une soirée d'automne il était assis en robe
de chambre et en pantoufles devant un grand feu allumé
dans son cabinet au palais de Stockholm. Il avait auprès
de lui son chambellan[3], le comte Brahé•, qu'il honorait
de ses bonnes grâces, et le médecin Baumgarten, qui,
35 soit dit en passant, tranchait de l'esprit fort, et voulait
que l'on doutât de tout, excepté de la médecine. Ce
soir-là il l'avait fait venir pour le consulter sur je ne sais
quelle indisposition.
   La soirée se prolongeait, et le roi, contre sa coutume,
40 ne leur faisait pas sentir, en leur donnant le bonsoir,
qu'il était temps de se retirer. La tête baissée et les yeux
fixés sur les tisons, il gardait un profond silence, ennuyé
de sa compagnie, mais craignant, sans savoir pourquoi,
de rester seul. Le comte Brahé s'apercevait bien que sa
45 présence n'était pas fort agréable, et déjà plusieurs fois il
avait exprimé la crainte que Sa Majesté n'eût besoin de
repos : un geste du roi l'avait retenu à sa place. À son
tour le médecin parla du tort que les veilles font à la
santé ; mais Charles lui répondit entre ses dents : « Res-
50 tez, je n'ai pas encore envie de dormir. »
   Alors on essaya différents sujets de conversation qui
s'épuisaient tous à la seconde ou troisième phrase. Il
paraissait évident que Sa Majesté était dans une de ses
humeurs noires, et, en pareille circonstance, la position

---

1. *religion luthérienne* : protestantisme conforme à la doctrine de Luther.
2. *taciturne* : silencieux.
3. *chambellan* : responsable du service intérieur de la chambre d'un prince.

55 d'un courtisan est bien délicate. Le comte Brahé•, soup-
çonnant que la tristesse du roi provenait de ses regrets
pour la perte de son épouse, regarda quelque temps le
portrait de la reine suspendu dans le cabinet, puis il
s'écria avec un grand soupir : «Que ce portrait est res-
60 semblant! Voilà bien cette expression à la fois si majes-
tueuse et si douce!...
– Bah!» répondit brusquement le roi, qui croyait
entendre un reproche toutes les fois qu'on prononçait
devant lui le nom de la reine. «Ce portrait est trop
65 flatté! La reine était laide.» Puis, fâché intérieurement
de sa dureté, il se leva et fit un tour dans la chambre
pour cacher une émotion dont il rougissait. Il s'arrêta
devant la fenêtre qui donnait sur la cour. La nuit était
sombre et la lune à son premier quartier.
70 Le palais où résident aujourd'hui les rois de Suède
n'était pas encore achevé, et Charles XI•, qui l'avait
commencé, habitait alors l'ancien palais situé à la pointe
du Ritterholm• qui regarde le lac Mœler•. C'est un grand
bâtiment en forme de fer à cheval. Le cabinet du roi était
75 à l'une des extrémités, et à peu près en face se trouvait
la grande salle où s'assemblaient les états quand ils
devaient recevoir quelque communication de la couronne.
Les fenêtres de cette salle semblaient en ce moment
80 éclairées d'une vive lumière. Cela parut étrange au roi. Il
supposa d'abord que cette lueur était produite par le
flambeau de quelque valet. Mais qu'allait-on faire à cette
heure dans une salle qui depuis longtemps n'avait pas
été ouverte? D'ailleurs la lumière était trop éclatante
85 pour provenir d'un seul flambeau. On aurait pu l'attribuer à un incendie; mais on ne voyait point de fumée,
les vitres n'étaient pas brisées, nul bruit ne se faisait
entendre; tout annonçait plutôt une illumination.
Charles regarda ces fenêtres quelque temps sans parler. Cependant le comte Brahé, étendant la main vers le
cordon d'une sonnette, se disposait à sonner un page
pour l'envoyer reconnaître la cause de cette singulière
clarté; mais le roi l'arrêta. «Je veux aller moi-même
dans cette salle», dit-il. En achevant ces mots, on le vit
pâlir, et sa physionomie exprimait une espèce de terreur

31

religieuse. Pourtant il sortit d'un pas ferme ; le chambellan et le médecin le suivirent tenant chacun une bougie allumée.

Le concierge, qui avait la charge des clefs, était déjà
100 couché. Baumgarten alla le réveiller et lui ordonna, de la part du roi, d'ouvrir sur-le-champ les portes de la salle des états. La surprise de cet homme fut grande à cet ordre inattendu ; il s'habilla à la hâte et joignit le roi avec son trousseau de clefs. D'abord il ouvrit la porte d'une galerie
105 qui servait d'antichambre ou de dégagement à la salle des états. Le roi entra ; mais quel fut son étonnement en voyant les murs entièrement tendus de noir !

« Qui a donné l'ordre de faire tendre ainsi cette salle ? » demanda-t-il d'un ton de colère. « Sire, personne
110 que je sache », répondit le concierge tout troublé. « Et la dernière fois que j'ai fait balayer la galerie elle était lambrissée[1] de chêne comme elle l'a toujours été... Certainement ces tentures-là ne viennent pas du garde-meuble de Votre Majesté. » Et le roi, marchant d'un pas rapide,
115 était déjà parvenu à plus des deux tiers de la galerie. Le comte et le concierge le suivaient de près ; le médecin Baumgarten était un peu en arrière, partagé entre la crainte de rester seul et celle de s'exposer aux suites d'une aventure qui s'annonçait d'une façon assez
120 étrange.

« N'allez pas plus loin, sire ! s'écria le concierge. Sur mon âme, il y a de la sorcellerie là-dedans. À cette heure... et depuis la mort de la reine, votre gracieuse épouse..., on dit qu'elle se promène dans cette galerie... Que Dieu
125 nous protège !

– Arrêtez, sire ! s'écriait le comte de son côté. N'entendez-vous pas ce bruit qui part de la salle des états ? Qui sait à quels dangers Votre Majesté s'expose !

– Sire, disait Baumgarten, dont une bouffée de vent
130 venait d'éteindre la bougie, permettez du moins que j'aille chercher une vingtaine de vos trabans[2].

---

1. *lambrissée* : revêtue de lambris, c'est-à-dire de panneaux de bois.
2. *trabans* : hallebardiers de la garde royale.

– Entrons, dit le roi d'une voix ferme en s'arrêtant devant la porte de la grande salle ; et toi, concierge, ouvre vite cette porte. » Il la poussa du pied, et le bruit,
135 répété par l'écho des voûtes, retentit dans la galerie comme un coup de canon.

Le concierge tremblait tellement, que sa clef battait la serrure sans qu'il pût parvenir à la faire entrer. « Un vieux soldat qui tremble ! dit Charles en haussant les
140 épaules. Allons, comte, ouvrez-nous cette porte.

– Sire, répondit le comte en reculant d'un pas, que Votre Majesté me commande de marcher à la bouche d'un canon danois ou allemand, j'obéirai sans hésiter ; mais c'est l'enfer que vous voulez que je défie. »
145 Le roi arracha la clef des mains du concierge. « Je vois bien, dit-il d'un ton de mépris, que ceci me regarde seul » ; et avant que sa suite eût pu l'en empêcher, il avait ouvert l'épaisse porte de chêne, et était entré dans la grande salle en prononçant ces mots : « Avec l'aide de
150 Dieu. » Ses trois acolytes[1], poussés par la curiosité, plus forte que la peur, et peut-être honteux d'abandonner leur roi, entrèrent avec lui.

La grande salle était éclairée par une infinité de flambeaux. Une tenture noire avait remplacé l'antique tapis-
155 serie à personnages. Le long des murailles paraissaient disposés en ordre, comme à l'ordinaire, des drapeaux allemands, danois ou moscovites, trophées des soldats de Gustave-Adolphe●. On distinguait au milieu des bannières suédoises, couvertes de crêpes[2] funèbres.
60 Une assemblée immense couvrait les bancs. Les quatre ordres de l'État* siégeaient chacun à son rang. Tous étaient habillés de noir, et cette multitude de faces humaines, qui paraissaient lumineuses sur un fond sombre, éblouissaient tellement les yeux, que des quatre
65 témoins de cette scène extraordinaire aucun ne put trouver dans cette foule une figure connue. Ainsi un acteur

* La noblesse, le clergé, les bourgeois et les paysans.

---

1. *acolytes* : compagnons.
2. *crêpes* : morceaux de tissu serré noir que l'on porte en signe de deuil.

vis-à-vis d'un public nombreux ne voit qu'une masse confuse, où ses yeux ne peuvent distinguer un seul individu.

170 Sur le trône élevé d'où le roi avait coutume de haranguer l'assemblée, ils virent un cadavre sanglant, revêtu des insignes de la royauté. À sa droite, un enfant, debout et la couronne en tête, tenait un sceptre à la main ; à sa gauche, un homme âgé, ou plutôt un autre fantôme,
175 s'appuyait sur le trône. Il était revêtu du manteau de cérémonie que portaient les anciens Administrateurs de la Suède, avant que Wasa• n'en eût fait un royaume. En face du trône, plusieurs personnages d'un maintien grave et austère, revêtus de longues robes noires, et qui
180 paraissaient être des juges, étaient assis devant une table sur laquelle on voyait de grands in-folio[1] et quelques parchemins. Entre le trône et les bancs de l'assemblée, il y avait un billot[2] couvert d'un crêpe noir, et une hache reposait auprès.

185 Personne, dans cette assemblée surhumaine, n'eut l'air de s'apercevoir de la présence de Charles et des trois personnes qui l'accompagnaient. À leur entrée, ils n'entendirent d'abord qu'un murmure confus, au milieu duquel l'oreille ne pouvait saisir des mots articulés ;
190 puis le plus âgé des juges en robes noires, celui qui paraissait remplir les fonctions de président, se leva, et frappa trois fois de la main sur un in-folio ouvert devant lui. Aussitôt il se fit un profond silence. Quelques jeunes gens de bonne mine, habillés richement, et
195 les mains liées derrière le dos, entrèrent dans la salle par une porte opposée à celle que venait d'ouvrir Charles XI. Ils marchaient la tête haute et le regard assuré. Derrière eux, un homme robuste, revêtu d'un justaucorps[3] de cuir brun, tenait le bout des cordes qui
200 leur liaient les mains. Celui qui marchait le premier, et qui semblait être le plus important des prisonniers,

---

1. *in-folio* : livre de format in-folio (la feuille, pliée, forme deux feuillets de quatre pages).
2. *billot* : pièce de bois sur laquelle on tranchait la tête des condamnés.
3. *justaucorps* : vêtement du xviie siècle ; pourpoint avec manches, serré à la taille.

s'arrêta au milieu de la salle, devant le billot, qu'il regarda avec un dédain superbe. En même temps, le cadavre parut trembler d'un mouvement convulsif, et
205 un sang frais et vermeil coula de sa blessure. Le jeune homme s'agenouilla, tendit la tête ; la hache brilla dans l'air, et retomba aussitôt avec bruit. Un ruisseau de sang jaillit sur l'estrade, et se confondit avec celui du cadavre ; et la tête, bondissant plusieurs fois sur le pavé
210 rougi, roula jusqu'aux pieds de Charles, qu'elle teignit de sang.

Jusqu'à ce moment la surprise l'avait rendu muet ; mais à ce spectacle horrible, « sa langue se délia » ; il fit quelques pas vers l'estrade, et, s'adressant à cette figure
215 revêtue du manteau d'Administrateur, il prononça hardiment la formule bien connue : « *Si tu es de Dieu, parle ; si tu es de l'Autre, laisse-nous en paix.* »

Le fantôme lui répondit lentement et d'un ton solennel : « CHARLES ROI ! ce sang ne coulera pas sous ton
220 règne... (ici la voix devint moins distincte) mais cinq règnes après. Malheur, malheur, malheur au sang de Wasa•! »

Alors les formes des nombreux personnages de cette étonnante assemblée commencèrent à devenir moins
225 nettes et ne semblaient déjà plus que des ombres colorées, bientôt elles disparurent tout à fait ; les flambeaux fantastiques s'éteignirent, et ceux de Charles et de sa suite n'éclairèrent plus que les vieilles tapisseries, légèrement agitées par le vent. On entendit
230 encore, pendant quelque temps, un bruit assez mélodieux, qu'un des témoins compara au murmure du vent dans les feuilles, et un autre, au son que rendent des cordes de harpe en cassant au moment où l'on accorde l'instrument. Tous furent d'accord sur la durée
235 de l'apparition, qu'ils jugèrent avoir été d'environ dix minutes.

Les draperies noires, la tête coupée, les flots de sang qui teignaient le plancher, tout avait disparu avec les fantômes ; seulement la pantoufle de Charles conserva
240 une tache rouge, qui seule aurait suffi pour lui rappeler les scènes de cette nuit, si elles n'avaient pas été trop bien gravées dans sa mémoire.

Rentré dans son cabinet, le roi fit écrire la relation[1] de ce qu'il avait vu, la fit signer par ses compagnons, et il
245 signa lui-même. Quelques précautions que l'on prît pour cacher le contenu de cette pièce au public, elle ne laissa pas d'être bientôt connue, même du vivant de Charles XI•; elle existe encore, et, jusqu'à présent, personne ne s'est avisé d'élever des doutes sur son authen-
250 ticité. La fin en est remarquable : « Et si ce que je viens de relater, dit le roi, n'est pas l'exacte vérité, je renonce à tout espoir d'une meilleure vie, laquelle je puis avoir méritée pour quelques bonnes actions, et surtout pour mon zèle à travailler au bonheur de mon peuple, et à
255 défendre la religion de mes ancêtres. »

Maintenant, si l'on se rappelle la mort de Gustave III•, et le jugement d'Ankarstroem•, son assassin, on trouvera plus d'un rapport entre cet événement et les circonstances de cette singulière prophétie.
260 Le jeune homme décapité en présence des états aurait désigné Ankarstroem.

Le cadavre couronné serait Gustave III.

L'enfant, son fils et son successeur, Gustave-Adolphe IV•.
265 Le vieillard, enfin, serait le duc de Sudermanie•, oncle de Gustave IV, qui fut régent[2] du royaume, puis enfin roi après la déposition[3] de son neveu.

---

1. *relation* : récit.
2. *régent* : personne qui gouverne pendant l'absence ou la minorité du roi.
3. *déposition* : renversement d'un prince.

Questions

Compréhension

1. *Le caractère de Charles XI : pourquoi tant de précisions ? Le roi vous paraît-il impressionnable ?*

2. *En quoi la présence du médecin, «esprit fort», est-elle importante ?*

3. *Comment qualifieriez-vous l'ambiance de la soirée ?*

4. *Comment le concierge, le comte, le médecin réagissent-ils ? En quoi leur attitude contraste-t-elle avec celle du roi ?*

5. *Quelle preuve matérielle reste-t-il de cette vision ?*

6. *Montrez l'insistance de l'auteur – au début comme à la fin de la nouvelle – à présenter cette vision comme authentique.*

Écriture

7. *Relevez le champ lexical de la lumière (lignes 79 à 98).*

8. *Le roi a été présenté comme «brave» et «froid». Par quelle notation physique (juste avant qu'il ne quitte son cabinet), l'auteur dramatise-t-il le récit ?*

9. *Étudiez la montée de la peur dans les paroles des compagnons du roi (modes utilisés, effets physiques, ponctuation).*

10. *Dans la description de la salle, combien de fois le mot «noir» est-il employé (lignes 153 à 184) ?*

11. *Relevez le champ lexical du «sang» (lignes 200 à 242).*

12. *Quel est le mode utilisé dans les dernières lignes de la nouvelle ? Pourquoi ?*

15 cent. le numéro.

LE PETIT

8 francs par an.

MONITEUR ILLUSTR

Un an, 8 fr. — Six mois, 4 fr.
On s'abonne pour Paris et les départements :
13, Quai Voltaire, 13
en envoyant un mandat sur la Poste.

DIMANCHE 22 JANVIER 1888. — N° 4
QUATRIÈME ANNÉE

Les annonces et insertions sont reçues
Chez M. L. AUDBOURG et Cie, 10, place de
et dans les Bureaux du journal
13, Quai Voltaire.

L'ENLÈVEMENT DE LA REDOUTE

NOUVELLE, par Prosper MÉRIMÉE

« Vers trois heures, un aide de camp arriva apportant un ordre... »

L'ENLÈVEMENT
DE LA REDOUTE

Un militaire de mes amis, qui est mort de la fièvre en Grèce il y a quelques années, me conta un jour la première affaire à laquelle il avait assisté. Son récit me frappa tellement, que je l'écrivis de mémoire aussitôt que j'en eus le loisir. Le voici :

« Je rejoignis le régiment le 4 septembre au soir. Je trouvai le colonel au bivac[1]. Il me reçut d'abord assez brusquement ; mais après avoir lu la lettre de recommandation du général B***, il changea de manières, et m'adressa quelques paroles obligeantes.

Je fus présenté par lui à mon capitaine, qui revenait à l'instant même d'une reconnaissance. Ce capitaine, que je n'eus guère le temps de connaître, était un grand homme brun, d'une physionomie dure et repoussante. Il avait été simple soldat, et avait gagné ses épaulettes[2] et sa croix sur les champs de bataille. Sa voix, qui était enrouée et faible, contrastait singulièrement avec sa stature presque gigantesque. On me dit qu'il devait cette voix étrange à une balle qui l'avait percé de part en part à la bataille d'Iéna•.

En apprenant que je sortais de l'école de Fontainebleau, il fit la grimace et dit : "Mon lieutenant est mort hier..." Je compris qu'il voulait dire : "C'est vous qui devez le remplacer, et vous n'en êtes pas capable." Un mot piquant me vint sur les lèvres, mais je me contins.

---

1. *bivac* (ou *bivouac*) : lieu où est établi le campement.
2. *épaulettes* : ornements fixés aux épaules des tuniques militaires. Ici, symbole du grade d'officier.

La lune se leva derrière la redoute[1] de Cheverino•, située à deux portées de canon de notre bivac. Elle était large et rouge comme cela est ordinaire à son lever. Mais ce soir elle me parut d'une grandeur extraordinaire. Pendant un instant la redoute se détacha en noir sur le disque éclatant de la lune. Elle ressemblait au cône d'un volcan au moment de l'éruption.

Un vieux soldat, auprès duquel je me trouvais, remarqua la couleur de la lune. "Elle est bien rouge", dit-il ; "c'est signe qu'il en coûtera bon pour l'avoir, cette fameuse redoute !" J'ai toujours été superstitieux, et cet augure[2], dans ce moment surtout, m'affecta. Je me couchai, mais je ne pus dormir. Je me levai, et je marchai quelque temps, regardant l'immense ligne de feux qui couvrait les hauteurs au-delà du village de Cheverino.

Lorsque je crus que l'air frais et piquant de la nuit avait assez rafraîchi mon sang, je revins auprès du feu ; je m'enveloppai soigneusement dans mon manteau, et je fermai les yeux, espérant ne pas les ouvrir avant le jour. Mais le sommeil me tint rigueur. Insensiblement mes pensées prenaient une teinte lugubre. Je me disais que je n'avais pas un ami parmi les cent mille hommes qui couvraient cette plaine. Si j'étais blessé, je serais dans un hôpital, traité sans égards par des chirurgiens ignorants. Ce que j'avais entendu dire des opérations chirurgicales me revint à la mémoire. Mon cœur battait avec violence, et machinalement je disposais comme une espèce de cuirasse le mouchoir, et le portefeuille que j'avais sur la poitrine. La fatigue m'accablait, je m'assoupissais à chaque instant, et à chaque instant quelque pensée sinistre se reproduisait avec plus de force et me réveillait en sursaut.

Cependant la fatigue l'avait emporté, et quand on battit la diane[3] j'étais tout à fait endormi. Nous nous mîmes en bataille, on fit l'appel, puis on remit les armes en

---

1. *redoute* : ouvrage de fortification isolé.
2. *augure* : présage.
3. *diane* : batterie de tambour ou sonnerie de clairon destinée à réveiller les soldats.

faisceaux[1], et tout annonçait que nous allions passer une
journée tranquille.

Vers trois heures un aide de camp[2] arriva, apportant
un ordre. On nous fit reprendre les armes ; nos tirail-
65 leurs se répandirent dans la plaine ; nous les suivîmes
lentement, et au bout de vingt minutes nous vîmes tous
les avant-postes des Russes se replier et rentrer dans la
redoute.

Une batterie d'artillerie vint s'établir à notre droite,
70 une autre à notre gauche, mais toutes les deux bien en
avant de nous. Elles commencèrent un feu très vif sur
l'ennemi, qui riposta énergiquement, et bientôt la
redoute de Cheverino• disparut sous des nuages épais de
fumée.

75 Notre régiment était presque à couvert du feu des
Russes par un pli de terrain. Leurs boulets, rares d'ailleurs pour nous (car ils tiraient de préférence sur nos
canonniers), passaient au-dessus de nos têtes, ou tout au
plus nous envoyaient de la terre et de petites pierres.

80 Aussitôt que l'ordre de marcher en avant nous eut été
donné, mon capitaine me regarda avec une attention qui
m'obligea à passer deux ou trois fois la main sur ma
jeune moustache d'un air aussi dégagé qu'il me fut
possible. Au reste, je n'avais pas peur, et la seule crainte
85 que j'éprouvasse, c'était que l'on ne s'imaginât que
j'avais peur. Ces boulets inoffensifs contribuèrent encore
à me maintenir dans mon calme héroïque. Mon amour-
propre me disait que je courais un danger réel, puisque
enfin j'étais sous le feu d'une batterie. J'étais enchanté
90 d'être si à mon aise, et je songeai au plaisir de raconter
la prise de la redoute de Cheverino, dans le salon de
madame de B***, rue de Provence[3].

Le colonel passa devant notre compagnie ; il
m'adressa la parole : "Eh bien ! vous allez en voir de
95 grises pour votre début."

---

1. *en faisceaux* : dressées et appuyées les unes sur les autres.
2. *aide de camp* : officier attaché à une autorité supérieure.
3. *rue de Provence* : à Paris.

Je souris d'un air tout à fait martial[1] en brossant la manche de mon habit, sur laquelle un boulet, tombé à trente pas de moi, avait envoyé un peu de poussière.

Il paraît que les Russes s'aperçurent du mauvais suc-
100 cès de leurs boulets, car ils les remplacèrent par des obus qui pouvaient plus facilement nous atteindre dans le creux où nous étions postés. Un assez gros éclat m'enleva mon shako[2] et tua un homme auprès de moi.

"Je vous fais mon compliment", me dit le capitaine,
105 comme je venais de ramasser mon shako, "vous en voilà quitte pour la journée." Je connaissais cette superstition militaire qui croit que l'axiome[3] *non bis in idem*[4] trouve son application aussi bien sur un champ de bataille que dans une cour de justice. Je remis fièrement mon shako.
110 "C'est faire saluer les gens sans cérémonie", dis-je aussi gaiement que je pus. Cette mauvaise plaisanterie, vu la circonstance, parut excellente. "Je vous félicite, reprit le capitaine, vous n'aurez rien de plus, et vous commanderez une compagnie ce soir; car je sens bien que le four
115 chauffe pour moi. Toutes les fois que j'ai été blessé, l'officier auprès de moi a reçu quelque balle morte, et", ajouta-t-il d'un ton plus bas et presque honteux, "leurs noms commençaient toujours par un P."

Je fis l'esprit fort[5]; bien des gens auraient fait comme
120 moi; bien des gens auraient été aussi bien que moi frappés de ces paroles prophétiques. Conscrit[6] comme je l'étais, je sentais que je ne pouvais confier mes sentiments à personne, et que je devais toujours paraître froidement intrépide.
125 Au bout d'une demi-heure, le feu des Russes diminua sensiblement; alors nous sortîmes de notre couvert[7] pour marcher sur la redoute.

---

1. *martial* : guerrier.
2. *shako* : coiffure militaire rigide munie d'une visière.
3. *axiome* : proposition évidente que l'on ne peut démontrer.
4. non bis in idem : «On ne sévit pas deux fois contre le même crime.»
5. *l'esprit fort* : celui qui se moque des superstitions.
6. *conscrit* : jeune soldat encore inexpérimenté.
7. *couvert* : protection naturelle ou artificielle.

Notre régiment était composé de trois bataillons. Le deuxième fut chargé de tourner la redoute du côté de la gorge[1] ; les deux autres devaient donner l'assaut. J'étais dans le troisième bataillon.

En sortant de derrière l'espèce d'épaulement[2] qui nous avait protégés, nous fûmes reçus par plusieurs décharges de mousqueterie qui ne firent que peu de mal dans nos rangs. Le sifflement des balles me surprit : souvent je tournais la tête, et je m'attirai ainsi quelques plaisanteries de la part de mes camarades plus familiarisés avec ce bruit. "À tout prendre", me dis-je, "une bataille n'est pas une chose si terrible."

Nous avancions au pas de course, précédés de tirailleurs : tout à coup les Russes poussèrent trois hourras, trois hourras distincts, puis demeurèrent silencieux et sans tirer. "Je n'aime pas ce silence", dit mon capitaine ; "cela ne nous présage rien de bon." Je trouvai que nos gens étaient un peu trop bruyants, et je ne pus m'empêcher de faire intérieurement la comparaison de leurs clameurs tumultueuses avec le silence imposant de l'ennemi.

Nous parvînmes rapidement au pied de la redoute, les palissades avaient été brisées et la terre bouleversée par nos boulets. Les soldats s'élancèrent sur ces ruines nouvelles avec des cris de *Vive l'empereur !* plus forts qu'on ne l'aurait attendu de gens qui avaient déjà tant crié.

Je levai les yeux, et jamais je n'oublierai le spectacle que je vis. La plus grande partie de la fumée s'était élevée et restait suspendue comme un dais[3] à vingt pieds au-dessus de la redoute. Au travers d'une vapeur bleuâtre on apercevait derrière leur parapet à demi-détruit les grenadiers russes, l'arme haute, immobiles comme des statues. Je crois voir encore chaque soldat, l'œil gauche attaché sur nous, le droit caché par son fusil élevé. Dans une embrasure[4], à quelques pieds de nous,

---

1. *gorge* : entrée étroite et resserrée d'un ouvrage fortifié.
2. *épaulement* : rempart naturel ou aménagé.
3. *dais* : tenture dressée au-dessus d'un trône ou d'un lit.
4. *embrasure* : espace compris entre les montants d'une fenêtre ou d'une porte.

un homme tenant une lance à feu était auprès d'un canon.

165   Je frissonnai, et je crus que ma dernière heure était venue. "Voilà la danse qui va commencer, s'écria mon capitaine. Bonsoir." Ce furent les dernières paroles que je l'entendis prononcer.

    Un roulement de tambours retentit dans la redoute. Je
170 vis se baisser tous les fusils. Je fermai les yeux, et j'entendis un fracas épouvantable, suivi de cris et de gémissements. J'ouvris les yeux, surpris de me trouver encore au monde. La redoute était de nouveau enveloppée de fumée. J'étais entouré de blessés et de morts. Mon capi-
175 taine était étendu à mes pieds : sa tête avait été broyée par un boulet, et j'étais couvert de sa cervelle et de son sang. De toute ma compagnie[1] il ne restait debout que six hommes et moi.

    À ce carnage succéda un moment de stupeur. Le colo-
180 nel, mettant son chapeau au bout de son épée, gravit le premier le parapet en criant : *Vive l'empereur !* il fut suivi aussitôt de tous les survivants. Je n'ai presque plus de souvenir net de ce qui suivit. Nous entrâmes dans la redoute, je ne sais comment. On se battit corps à corps
185 au milieu d'une fumée si épaisse que l'on ne pouvait se voir. Je crois que je frappai, car mon sabre se trouva tout sanglant. Enfin j'entendis crier victoire ! et la fumée diminuant, j'aperçus du sang et des morts sous lesquels disparaissait la terre de la redoute. Les canons surtout
190 étaient enterrés sous des tas de cadavres. Environ deux cents hommes debout, en uniforme français, étaient groupés sans ordre, les uns chargeant leurs fusils, les autres essuyant leurs baïonnettes. Onze prisonniers russes étaient avec eux.

195   Le colonel était renversé tout sanglant sur un caisson[2] brisé, près de la gorge. Quelques soldats s'empressaient autour de lui : je m'approchai : "Où est le plus ancien capitaine ?" demandait-il à un sergent. – Le sergent

---

1. *compagnie* : unité militaire comprenant de 100 à 200 hommes.
2. *caisson* : voiture utilisée pour le transport des munitions.

haussa les épaules d'une manière très expressive. "Et le
200 plus ancien lieutenant? – Voici monsieur qui est arrivé
d'hier", dit le sergent d'un ton tout à fait calme. – Le
colonel sourit amèrement. – "Allons, monsieur, me
dit-il, vous commandez en chef; faites promptement
fortifier la gorge de la redoute avec ces chariots, car l'en-
205 nemi est en force; mais le général C*** va vous faire
soutenir." – "Colonel, lui dis-je, vous êtes grièvement
blessé?" - "F..., mon cher, mais la redoute est prise." »

Artillerie de la garde. *Dessin de Géricault - Musée du Louvre.*

Questions

Compréhension

1. *L'accueil du lieutenant au bivouac est-il chaleureux ? Que semble-t-on lui reprocher ?*

2. *Quelle notation laisse présager un événement sanglant ?*

3. *Dans quel état d'esprit le narrateur passe-t-il la nuit ? Relevez un geste qui traduise sa peur.*

4. *Pourquoi le jeune lieutenant s'efforce-t-il de se montrer intrépide ? L'est-il vraiment ? À quel moment devrait-il paraître effrayé ?*

5. *Pourquoi le capitaine pense-t-il qu'il va être blessé dans la bataille ?*

6. *Quel sentiment la dernière phrase du texte traduit-elle chez le colonel ?*

7. *Et quel sentiment cette même phrase peut-elle susciter chez le lecteur ?*

Écriture

8. *Le paysage éclairé par la lune : quelles sont les deux couleurs retenues par Mérimée ? Quelle est leur valeur symbolique ?*

9. *À quoi la redoute est-elle comparée ? Cette comparaison* est-elle bien choisie ?*

10. *Dans la description de la redoute, quels sont les seuls détails – effrayants pour les assaillants – que note l'auteur ?*

11. *Le lecteur a-t-il une vue d'ensemble du combat ? Par qui la description est-elle faite ? Et dans quel état le narrateur* se trouve-t-il ? Relevez une notation particulièrement réaliste*.*

12. *Tout au long du récit, l'auteur n'a pas voulu surprendre le lecteur : plusieurs réflexions «prophétiques» (du vieux soldat et, surtout, du capitaine) ont annoncé le dénouement. Relevez-les.*

Recherches et lectures

– *Les guerres napoléoniennes : la campagne de Russie, la bataille de la Moskova.*
– *Le cimetière d'Eylau, dans* La Légende des siècles *de V. Hugo.*

TAMANGO
1829

Le capitaine Ledoux était un bon marin. Il avait
commencé par être simple matelot, puis il devint aide-
timonier. Au combat de Trafalgar•, il eut la main gauche
fracassée par un éclat de bois ; il fut amputé, et congédié
ensuite avec de bons certificats. Le repos ne lui conve-
nait guère, et l'occasion de se rembarquer se présentant,
il servit en qualité de second lieutenant à bord d'un
corsaire[1]. L'argent qu'il retira de quelques prises lui permit d'acheter des livres et d'étudier la théorie de la navigation, dont il connaissait déjà parfaitement la pratique.
Avec le temps, il devint capitaine d'un lougre[2] corsaire
de trois canons et de soixante hommes d'équipage, et
les caboteurs[3] de Jersey• conservent encore le souvenir
de ses exploits. La paix le désola : il avait amassé pendant la guerre une petite fortune, qu'il espérait augmen-
ter aux dépens des Anglais. Force lui fut d'offrir ses services à de pacifiques négociants ; et comme il était
connu pour un homme de résolution et d'expérience, on
lui confia facilement un navire. Quand la traite des
Nègres fut défendue, et que, pour s'y livrer, il fallut non
seulement tromper la vigilance des douaniers français,
ce qui n'était pas très difficile, mais encore, et c'était le
plus hasardeux, échapper aux croiseurs anglais, le capitaine Ledoux devint un homme précieux pour les trafiquants de bois d'ébène*[4].

* Nom que se donnent eux-mêmes les gens qui font la traite.

---

1. *corsaire* : navire armé pour donner la chasse aux navires ennemis.
2. *lougre* : petit bâtiment de guerre à deux mâts.
3. *caboteurs* : marins qui pratiquent le cabotage, c'est-à-dire la navigation le long
des côtes.
4. *ébène* : bois noir.

Bien différent de la plupart des marins qui ont langui longtemps comme lui dans les postes subalternes, il n'avait point cette horreur profonde des innovations, et cet esprit de routine qu'ils apportent trop souvent dans
30 les grades supérieurs. Le capitaine Ledoux, au contraire, avait été le premier à recommander à son armateur l'usage des caisses en fer, destinées à contenir et conserver l'eau. À son bord, les menottes et les chaînes, dont les bâtiments négriers ont provision, étaient fabriquées
35 d'après un système nouveau, et soigneusement vernies pour les préserver de la rouille. Mais ce qui lui fit le plus d'honneur parmi les marchands d'esclaves, ce fut la construction, qu'il dirigea lui-même, d'un brick[1] destiné à la traite, fin voilier, étroit, long comme un bâtiment de
40 guerre, et cependant capable de contenir un très grand nombre de Noirs. Il le nomma *l'Espérance*. Il voulut que les entreponts, étroits et rentrés, n'eussent que trois pieds[2] quatre pouces[3] de haut, prétendant que cette dimension permettait aux esclaves de taille raisonnable
45 d'être commodément assis; et quel besoin ont-ils de se lever? «Arrivés aux colonies, disait Ledoux, ils ne resteront que trop sur leurs pieds!» – Les Noirs, le dos appuyé aux bordages du navire, et disposés sur deux lignes parallèles, laissaient entre leurs pieds un espace
50 vide, qui, dans tous les autres négriers, ne sert qu'à la circulation. Ledoux imagina de placer dans cet intervalle d'autres Nègres, couchés perpendiculairement aux premiers. De la sorte, son navire contenait une dizaine de nègres de plus qu'un autre du même tonnage. À la
55 rigueur, on aurait pu en placer davantage; mais il faut avoir de l'humanité, et laisser à un Nègre au moins cinq pieds en longueur et deux en largeur pour s'ébattre, pendant une traversée de six semaines et plus; «car enfin», disait Ledoux à son armateur pour justifier cette mesure

---

1. *brick* : bâtiment à deux mâts, plus grand qu'un lougre (cf. note 2, p. 47).
2. *pieds* : un pied vaut environ 32 cm.
3. *pouces* : un pouce vaut environ 2,5 cm.

60 libérale, «les Nègres, après tout, sont des hommes comme les Blancs».

L'Espérance partit de Nantes un vendredi, comme le remarquèrent depuis des gens superstitieux. Les inspecteurs qui visitèrent scrupuleusement le brick ne décou-
65 vrirent pas six grandes caisses remplies de chaînes, de menottes, et de ces fers que l'on nomme, je ne sais pourquoi, *barres de justice*[1]. Ils ne furent point étonnés non plus de l'énorme provision d'eau que devait porter *l'Espérance,* qui, d'après ses papiers, n'allait qu'au Séné-
70 gal pour y faire le commerce de bois et d'ivoire. La traversée n'est pas longue, il est vrai, mais enfin le trop de précautions ne peut nuire. Si l'on était surpris par un calme, que deviendrait-on sans eau?

L'Espérance partit donc un vendredi, bien gréée[2] et
75 bien équipée de tout. Ledoux aurait voulu peut-être des mâts un peu plus solides; cependant, tant qu'il commanda le bâtiment, il n'eut point à s'en plaindre. Sa traversée fut heureuse et rapide jusqu'à la côte d'Afrique. Il mouilla dans la rivière de Joale• (je crois) dans un
80 moment où les croiseurs anglais ne surveillaient point cette partie de la côte. Des courtiers[3] du pays vinrent aussitôt à bord. Le moment était on ne peut plus favorable; Tamango, guerrier fameux et vendeur d'hommes, venait de conduire à la côte une grande quantité d'es-
85 claves, et il s'en défaisait à bon marché, en homme qui se sent la force et les moyens d'approvisionner promptement la place, aussitôt que les objets de son commerce y deviennent rares.

Le capitaine Ledoux se fit descendre sur le rivage, et
90 fit sa visite à Tamango. Il le trouva dans une case en paille qu'on lui avait élevée à la hâte, accompagné de ses deux femmes et de quelques sous-marchands et conducteurs d'esclaves. Tamango s'était paré pour recevoir le capitaine Blanc. Il était vêtu d'un vieil habit d'uniforme

---

1. *barres de justice* : barres métalliques portant des anneaux destinés à entraver les jambes.
2. *gréée* : munie de ses voiles et de ses agrès.
3. *courtiers* : intermédiaires, démarcheurs.

95 bleu, ayant encore les galons de caporal ; mais sur
chaque épaule pendaient deux épaulettes d'or attachées
au même bouton, et ballottant, l'une par-devant, l'autre
par-derrière. Comme il n'avait pas de chemise, et que
l'habit était un peu court pour un homme de sa taille, on
100 remarquait entre les revers blancs de l'habit et son cale-
çon de toile de Guinée une bande considérable de peau
noire qui ressemblait à une large ceinture. Un grand
sabre de cavalerie était suspendu à son côté au moyen
d'une corde, et il tenait à la main un beau fusil à deux
105 coups, de fabrique anglaise. Ainsi équipé, le guerrier africain croyait surpasser en élégance le petit-maître[1] le plus
accompli de Paris ou de Londres.

Le capitaine Ledoux le considéra quelque temps en
silence, tandis que Tamango, se redressant à la manière
110 d'un grenadier qui passe à la revue devant un général
étranger, jouissait de l'impression qu'il croyait produire
sur le blanc. Ledoux, après l'avoir examiné en connais-
seur, se tourna vers son second, et lui dit : «Voilà un
gaillard que je vendrais au moins mille écus, rendu sain
115 et sans avaries à la Martinique.»

On s'assit, et un matelot qui savait un peu la langue
wolofe[2] servit d'interprète. Les premiers compliments
de politesse échangés, un mousse apporta un panier
de bouteilles d'eau-de-vie ; on but, et le capitaine, pour
120 mettre Tamango en belle humeur, lui fit présent d'une
jolie poire[3] à poudre en cuivre, ornée du portrait de
Napoléon en relief. Le présent accepté avec la
reconnaissance convenable, on sortit de la case, on s'assit à l'ombre en face des bouteilles d'eau-de-vie, et
125 Tamango donna le signal de faire venir les esclaves qu'il
avait à vendre.

Ils parurent sur une longue file, le corps courbé par la
fatigue et la frayeur, chacun ayant le cou pris dans une
fourche longue de plus de six pieds, dont les deux

---

1. *petit-maître* : jeune élégant prétentieux.
2. *wolofe* : tribu du Sénégal.
3. *poire* : récipient en forme de poire.

130 pointes étaient réunies vers la nuque par une barre de
bois. Quand il faut se mettre en marche, un des conducteurs prend sur son épaule le manche de la fourche du
premier esclave ; celui-ci se charge de la fourche de
l'homme qui le suit immédiatement ; le second porte la
135 fourche du troisième esclave, et ainsi des autres. S'agit-il
de faire halte, le chef de file enfonce en terre le bout
pointu du manche de sa fourche, et toute la colonne
s'arrête. On juge facilement qu'il ne faut pas penser à
s'échapper à la course, quand on porte attaché au cou
140 un gros bâton de six pieds de longueur.

À chaque esclave mâle ou femelle qui passait devant
lui, le capitaine haussait les épaules, trouvait les hommes
chétifs, les femmes trop vieilles ou trop jeunes, et se
plaignait de l'abâtardissement de la race noire. « Tout
45 dégénère, disait-il ; autrefois c'était bien différent. Les
femmes avaient cinq pieds six pouces de haut, et quatre
hommes auraient tourné seuls le cabestan[1] d'une frégate,
pour lever la maîtresse ancre. »

Cependant, tout en critiquant, il faisait un premier
50 choix des Noirs les plus robustes et les plus beaux.
Ceux-là, il pouvait les payer au prix ordinaire ; mais pour
le reste il demandait une forte diminution. Tamango, de
son côté, défendait ses intérêts, vantait sa marchandise,
parlait de la rareté des hommes et des périls de la traite.
55 Il conclut en demandant un prix, je ne sais lequel, pour
les esclaves que le capitaine Blanc voulait charger à son
bord.

Aussitôt que l'interprète eut traduit en français la proposition de Tamango, Ledoux manqua tomber à la ren-
60 verse, de surprise et d'indignation ; puis, murmurant
quelques juremens affreux, il se leva comme pour
rompre tout marché avec un homme aussi déraison-
nable. Alors Tamango le retint ; il parvint avec peine à le
faire rasseoir. Une nouvelle bouteille fut débouchée, et la
65 discussion recommença. Ce fut le tour du noir à trouver
folles et extravagantes les propositions du Blanc. On

---

1. *cabestan* : treuil.

cria, on disputa longtemps, on but prodigieusement
d'eau-de-vie ; mais l'eau-de-vie produisait un effet bien
différent sur les deux parties contractantes. Plus le Fran-
170 çais buvait, plus il réduisait ses offres ; plus l'Africain
buvait, plus il cédait de ses prétentions. De la sorte, à
la fin du panier, on tomba d'accord. De mauvaises
cotonnades, de la poudre, des pierres à feu, trois barriques d'eau-de-vie, cinquante fusils mal raccommodés
175 furent donnés en échange de cent soixante esclaves. Le
capitaine, pour ratifier le traité, frappa dans la main du
Noir plus qu'à moitié ivre, et aussitôt les esclaves furent
remis aux matelots français, qui se hâtèrent de leur ôter
leurs fourches de bois pour leur donner des carcans et
180 des menottes en fer : ce qui montre bien la supériorité
de la civilisation européenne.

Restait encore une trentaine d'esclaves : c'étaient des
enfants, des vieillards, des femmes infirmes. Le navire
était plein.

185 Tamango, qui ne savait que faire de ce rebut, offrit au
capitaine de le lui vendre pour une bouteille d'eau-de-
vie la pièce. L'offre était séduisante. Ledoux se souvint
qu'à la représentation des *Vêpres Siciliennes*[1] à Nantes, il
avait vu bon nombre de gens gros et gras entrer dans un
190 parterre déjà plein, et parvenir cependant à s'y asseoir,
en vertu de la compressibilité des corps humains. Il prit
les vingt plus sveltes des trente esclaves.

Alors Tamango ne demanda plus qu'un verre d'eau-
de-vie pour chacun des dix restants. Ledoux réfléchit
195 que les enfants ne payent et n'occupent que demi-place
dans les voitures publiques. Il prit donc trois enfants ;
mais il déclara qu'il ne voulait plus se charger d'un seul
noir. Tamango, voyant qu'il lui restait encore sept
esclaves sur les bras, saisit son fusil et coucha en joue
200 une femme qui venait la première : c'était la mère des
trois enfants. «Achète, dit-il au Blanc, ou je la tue ; un
petit verre d'eau-de-vie, ou je tire. – Et que diable
veux-tu que j'en fasse ? » répondit Ledoux. Tamango fit

---

1. Vêpres Siciliennes : tragédie de Casimir Delavigne (1819).

feu, et l'esclave tomba morte à terre. «Allons, à un autre,
205 s'écria Tamango en visant un vieillard tout cassé : un
verre d'eau-de-vie, ou bien...» Une de ses femmes lui
détourna le bras, et le coup partit au hasard. Elle venait
de reconnaître dans le vieillard que son mari allait tuer
un *guiriot* ou magicien, qui lui avait prédit qu'elle serait
210 reine.

Tamango, que l'eau-de-vie avait rendu furieux, ne se
posséda plus en voyant qu'on s'opposait à ses volontés.
Il frappa rudement sa femme de la crosse de son fusil;
puis, se tournant vers Ledoux : «Tiens, dit-il, je te
215 donne cette femme.» Elle était jolie. Ledoux la regarda
en souriant, puis il la prit par la main : «Je trouverai
bien où la mettre», dit-il.

L'interprète était un homme humain. Il donna une
tabatière de carton à Tamango, et lui demanda les six
20 esclaves restants. Il les délivra de leurs fourches, et leur
permit de s'en aller où bon leur semblerait. Aussitôt ils
se sauvèrent, qui de çà, qui de là, fort embarrassés de
retourner dans leur pays à deux cents lieues de la côte.

Cependant le capitaine dit adieu à Tamango et s'oc-
25 cupa de faire au plus vite embarquer sa cargaison.
Il n'était pas prudent de rester longtemps en rivière;
les croiseurs pouvaient reparaître, et il voulait appareil-
ler le lendemain. Pour Tamango, il se coucha sur
l'herbe, à l'ombre, et dormit pour cuver son eau-de-vie.

Questions

Première partie : *Les marchands d'esclaves* (lignes 1 à 229).

Compréhension

1. Quelles sont les qualités du capitaine Ledoux? Quand commence-t-il à se montrer odieux?

2. Évaluez en centimètres la hauteur des entreponts et l'espace laissé aux Noirs pour « s'ébattre ».

3. Tamango est présenté de façon caricaturale. Qui, selon vous, imite-t-il?

4. Quelles sont les différentes étapes du marché? Quel est le montant des transactions? Tamango est-il moins odieux que Ledoux?

5. Finalement, quel est le nombre d'esclaves embarqués?

Écriture

6. Au début de cette nouvelle, Mérimée a systématiquement recours à l'ironie*, procédé qui consiste généralement à faire entendre le contraire de ce qu'on dit. Ainsi, le narrateur feint-il d'approuver le marchand d'esclaves et ses méthodes... Cette ironie porte :
a) sur les noms : voyez le nom du capitaine, celui de son navire...
b) sur certaines réflexions mises dans la bouche de Ledoux («À la rigueur, on aurait pu en placer davantage; mais il faut avoir de l'humanité... »). Relevez d'autres exemples.
c) sur certains commentaires du narrateur (par exemple les inspecteurs qui visitent « scrupuleusement » le navire ne trouvent rien d'illégal...). Relevez d'autres exemples.

Bilan

L'action

• Ce que nous savons

Cette première partie présente le capitaine Ledoux, cité dès la première phrase du récit, et raconte ses transactions commerciales avec Tamango.

Elle nous renseigne sur les protagonistes, et donne beaucoup de précisions sur le brick l'Espérance gréé par Ledoux et aménagé de façon à emporter une cargaison de Noirs supérieure à la «normale». Ce commerce du bois d'ébène participe de ce qu'on appelle le commerce triangulaire : les trafiquants européens partaient pour l'Afrique (l'Espérance mouille dans la rivière de Joale, au Sénégal); ils emportaient les esclaves qu'ils vendaient sur la côte américaine ou dans les Antilles (Ledoux rêve de vendre Tamango à la Martinique); ils revenaient ensuite en Europe, chargés de canne et de rhum. Les Européens achetaient les esclaves à des trafiquants africains qui les amenaient de l'intérieur sur les côtes : c'est le rôle que joue Tamango, «grand guerrier et vendeur d'hommes».

Le marché est conclu entre Ledoux et Tamango pour un montant dérisoire, et le Noir, sous l'effet de la colère et de l'ivresse, cède au Français sa femme Ayché.

• À quoi nous attendre?

La transaction s'est faite normalement, pourrait-on dire. Mais une menace plane, semble-t-il, sur cette dernière expédition du capitaine Ledoux.

1. Quel jour le brick l'Espérance a-t-il quitté Nantes? Pourquoi cette précision?
2. D'autre part, le départ d'Ayché est une péripétie qui aura des conséquences. Une fois dégrisé, comment Tamango réagira-t-il?

Les personnages

• Ce que nous savons

Les deux protagonistes ont été présentés. L'un, Ledoux, est courageux, actif, entreprenant, cruel et rusé. Il met tout son talent et sa réflexion à utiliser au mieux son brick, de façon à embarquer le plus de Noirs possible.

L'autre, Tamango, est un marchand d'esclaves Noir, lui aussi intéressé et cruel. Alors qu'aucun détail physique n'est donné sur le
capitaine (excepté qu'il lui manque une main), Tamango est longuement décrit : grand et fort, il est drôlement accoutré : il n'a pas
de chemise, et son vieil uniforme, trop petit, laisse apparaître la
peau de son ventre. Il a un fusil et un sabre. Manifestement il veut
singer les Blancs.

• À quoi nous attendre ?

La confrontation des deux chefs a été somme toute cordiale. Que
se passera-t-il quand Tamango prendra conscience qu'il a cédé sa
femme à Leroux ? De complices, ne vont-ils pas devenir rivaux ?

15 cent. le numéro.   **LE PETIT**   3 francs par an.

MONITEUR ILLUSTRÉ

Un an, 8 fr. – Six mois, 4 fr.
On s'abonne pour Paris et les départements   DIMANCHE 7 JUIN 1885. — N° 23   Les annonces et insertions sont reçues :
52, Quai Voltaire, 52   Chez M. L. AUDBOURG et Cⁱᵉ, 55, place de la Bourse
en envoyant un mandat sur la Poste.   et dans les bureaux du journal,
52, Quai Voltaire

TAMANGO

Nouvelle, par M. Prosper MÉRIMÉE.

« Le capitaine trouva Tamango dans une case en paille... Il était vêtu d'un vieil habit d'uniforme
ayant encore les galons de caporal... »

23

230   Quand il se réveilla, le vaisseau était déjà sous voiles
et descendait la rivière. Tamango, la tête encore embar-
rassée de la débauche de la veille, demanda sa femme
Ayché. On lui répondit qu'elle avait eu le malheur de lui
déplaire, et qu'il l'avait donnée en présent au capitaine
235 blanc, lequel l'avait emmenée à son bord. À cette nouvelle, Tamango stupéfait se frappa la tête, puis il prit son
fusil et, comme la rivière faisait plusieurs détours avant
de se décharger dans la mer, il courut, par le chemin le
plus direct, à une petite anse éloignée de l'embouchure
240 d'une demi-lieue. Là il espérait trouver un canot avec
lequel il pourrait joindre le brick, dont les sinuosités de
la rivière devaient retarder la marche. Il ne se trompait
pas : en effet il eut le temps de se jeter dans un canot et
de joindre le négrier.

245   Ledoux fut surpris de le voir, mais encore plus de
l'entendre redemander sa femme. «Bien donné ne se
reprend plus», répondit-il ; et il lui tourna le dos. Le
Noir insista, offrant de rendre une partie des objets qu'il
avait reçus en échange des esclaves. Le capitaine se mit
250 à rire ; dit qu'Ayché était une très bonne femme, et qu'il
voulait la garder. Alors le pauvre Tamango versa un tor-
rent de larmes, et poussa des cris de douleur aussi aigus
que ceux d'un malheureux qui subit une opération
chirurgicale. Tantôt il se roulait sur le pont en appelant
255 sa chère Ayché ; tantôt il se frappait la tête contre les
planches, comme pour se tuer. Toujours impassible, le
capitaine, en lui montrant le rivage, lui faisait signe qu'il
était temps pour lui de s'en aller ; mais Tamango persis-
tait. Il offrit jusqu'à ses épaulettes d'or, son fusil et son
260 sabre. Tout fut inutile.

    Pendant ce débat, le lieutenant de l'*Espérance* dit au
capitaine : «Il nous est mort cette nuit trois esclaves ;
nous avons de la place. Pourquoi ne prendrions-nous
pas ce vigoureux coquin, qui vaut mieux à lui seul que
5 les trois morts ?» Ledoux fit réflexion que Tamango se
vendrait bien mille écus ; que ce voyage, qui s'annonçait
comme très profitable pour lui, serait probablement son
dernier ; qu'enfin sa fortune étant faite, et lui renonçant
au commerce d'esclaves, peu lui importait de laisser à la
10 côte de Guinée une bonne ou une mauvaise réputation.

D'ailleurs le rivage était désert, et le guerrier africain entièrement à sa merci. Il ne s'agissait plus que de lui enlever ses armes, car il eût été dangereux de mettre la main sur lui pendant qu'il les avait encore en sa posses-
275 sion. Ledoux lui demanda donc son fusil, comme pour l'examiner et s'assurer s'il valait bien autant que la belle Ayché. En faisant jouer les ressorts, il eut soin de laisser tomber la poudre de l'amorce. Le lieutenant de son côté maniait le sabre ; et, Tamango se trouvant ainsi désarmé,
280 deux vigoureux matelots se jetèrent sur lui, le renver-sèrent sur le dos, et se mirent en devoir de le garrotter[1]. La résistance du Noir fut héroïque. Revenu de sa pre-mière surprise, et malgré le désavantage de sa position, il lutta longtemps contre les deux matelots. Grâce à sa
285 force prodigieuse, il parvint à se relever. D'un coup de poing il terrassa l'homme qui le tenait au collet ; il laissa un morceau de son habit entre les mains de l'autre matelot, et s'élança comme un furieux sur le lieutenant pour lui arracher son sabre. Celui-ci l'en frappa à la tête,
290 et lui fit une blessure large, mais peu profonde. Tamango tomba une seconde fois. Aussitôt on lui lia fortement les pieds et les mains. Tandis qu'il se défendait, il pous-sait des cris de rage, et s'agitait comme un sanglier pris dans des toiles ; mais lorsqu'il vit que toute résistance
295 était inutile, il ferma les yeux et ne fit plus aucun mouve-ment. Sa respiration forte et précipitée prouvait seule qu'il était encore vivant.

« Parbleu ! » s'écria le capitaine Ledoux, « les Noirs qu'il a vendus vont rire de bon cœur en le voyant
300 esclave à son tour. C'est pour le coup qu'ils verront bien qu'il y a une Providence. » Cependant le pauvre Tamango perdait tout son sang. Le charitable interprète, qui la veille avait sauvé la vie à six esclaves, s'approcha de lui, banda sa blessure et lui adressa quelques paroles
305 de consolation. Ce qu'il put lui dire, je l'ignore. Le Noir restait immobile, ainsi qu'un cadavre. Il fallut que deux matelots le portassent comme un paquet dans l'entre-

---

1. *garrotter* : ligoter, attacher.

pont, à la place qui lui était destinée. Pendant deux jours il ne voulut ni boire ni manger, à peine lui vit-on
310 ouvrir les yeux. Ses compagnons de captivité, autrefois ses prisonniers, le virent paraître au milieu d'eux avec un étonnement stupide. Telle était la crainte qu'il leur inspirait encore, que pas un seul n'osa insulter à la misère de celui qui avait causé la leur.
315 Favorisé par un bon vent de terre, le vaisseau s'éloignait rapidement de la côte d'Afrique. Déjà sans inquiétude au sujet de la croisière anglaise, le capitaine ne pensait plus qu'aux énormes bénéfices qui l'attendaient dans les colonies vers lesquelles il se dirigeait. Son bois
20 d'ébène se maintenait sans avaries. Point de maladies contagieuses. Douze Nègres seulement, et des plus faibles, étaient morts de chaleur : c'était bagatelle[1]. Afin que sa cargaison humaine souffrît le moins possible des fatigues de la traversée, il avait l'attention de faire mon-
25 ter tous les jours ses esclaves sur le pont. Tour à tour un tiers de ces malheureux avait une heure pour faire sa provision d'air de toute la journée. Une partie de l'équipage les surveillait armée jusqu'aux dents, de peur de révolte ; d'ailleurs on avait soin de ne jamais leur ôter
30 entièrement leurs fers. Quelquefois un matelot qui savait jouer du violon les régalait d'un concert. Il était alors curieux de voir toutes ces figures noires se tourner vers le musicien, perdre par degrés leur expression de désespoir stupide, rire d'un gros rire et battre des mains
35 quand leurs chaînes le leur permettaient. – L'exercice est nécessaire à la santé ; aussi l'une des salutaires pratiques du capitaine Ledoux, c'était de faire souvent danser ses esclaves, comme on fait piaffer des chevaux embarqués pour une longue traversée. «Allons, mes
40 enfants, dansez, amusez-vous», disait le capitaine d'une voix de tonnerre, en faisant claquer un énorme fouet de poste ; et aussitôt les pauvres Noirs sautaient et dansaient.

Quelque temps la blessure de Tamango le retint sous

---

1. *bagatelle* : objet de peu d'importance.

345 les écoutilles[1]. Il parut enfin sur le pont; et d'abord,
relevant la tête avec fierté au milieu de la foule craintive
des esclaves, il jeta un coup d'œil triste, mais calme, sur
l'immense étendue d'eau qui environnait le navire, puis
il se coucha, ou plutôt se laissa tomber sur les planches
350 du tillac[2], sans prendre même le soin d'arranger ses fers
de manière à ce qu'ils lui fussent moins incommodes.
Ledoux, assis au gaillard[3] d'arrière, fumait tranquillement sa pipe. Près de lui, Ayché, sans fers, vêtue d'une
robe élégante de cotonnade bleue, les pieds chaussés de
355 jolies pantoufles de maroquin, portant à la main un
plateau chargé de liqueurs, se tenait prête à lui ver-
ser à boire. Il était évident qu'elle remplissait de hautes
fonctions auprès du capitaine. Un Noir, qui détestait
Tamango, lui fit signe de regarder de ce côté. Tamango
360 tourna la tête, l'aperçut, poussa un cri; et, se levant avec
impétuosité, courut vers le gaillard d'arrière avant que
les matelots de garde eussent pu s'opposer à une infrac-
tion aussi énorme de toute discipline navale : « Ayché ! »
cria-t-il d'une voix foudroyante, et Ayché poussa un cri
365 de terreur; « crois-tu que dans le pays des Blancs il n'y
ait point de MAMA-JUMBO ? » Déjà des matelots accou-
raient le bâton levé; mais Tamango, les bras croisés, et
comme insensible, retournait tranquillement à sa place,
tandis qu'Ayché, fondant en larmes, semblait pétrifiée
370 par ces mystérieuses paroles.
   L'interprète expliqua ce qu'était ce terrible Mama-
Jumbo, dont le nom seul produisait tant d'horreur.
« C'est le Croquemitaine[4] des Nègres, dit-il. Quand un
mari a peur que sa femme ne fasse ce que font bien des
375 femmes en France comme en Afrique, il la menace du
Mama-Jumbo. Moi, qui vous parle, j'ai vu le Mama-
Jumbo, et j'ai compris la ruse; mais les Noirs..., comme
c'est simple, cela ne comprend rien. – Figurez-vous

---

1. *écoutilles* : ouvertures pratiquées sur le pont d'un navire.
2. *tillac* : pont supérieur d'un navire.
3. *gaillard* : les gaillards (d'avant et d'arrière) sont les extrémités surélevées du pont supérieur.
4. *Croquemitaine* : épouvantail dont on menace les enfants.

qu'un soir, pendant que les femmes s'amusaient à dan-
380 ser, à faire un *folgar,* comme ils disent dans leur jargon,
voilà que d'un petit bois bien touffu et bien sombre
on entend une musique étrange, sans que l'on vît personne pour la faire ; tous les musiciens étaient cachés
dans le bois. Il y avait des flûtes de roseau, des tambou-
385 rins de bois, des *balafos*[1], et des guitares faites avec des
moitiés de calebasses. Tout cela jouait un air à porter le
diable en terre. Les femmes n'ont pas plutôt entendu cet
air-là, qu'elles se mettent à trembler ; elles veulent se
sauver, mais les maris les retiennent : elles savaient bien
390 ce qui leur pendait à l'oreille. Tout à coup sort du bois
une grande figure blanche, haute comme notre mât de
perroquet, avec une tête grosse comme un boisseau[2], des
yeux larges comme des écubiers[3], et une gueule comme
celle du diable, avec du feu dedans. Cela marchait lente-
395 ment, lentement ; et cela n'alla pas plus loin qu'à demi-
encablure[4] du bois. Les femmes criaient : « Voilà Mama-
Jumbo. » Elles braillaient comme des vendeuses
d'huîtres. Alors les maris leur disaient : « Allons,
coquines, dites-nous si vous avez été sages ; si vous men-
400 tez, Mama-Jumbo est là pour vous manger toutes crues. »
Il y en avait qui étaient assez simples pour avouer, et
alors les maris les battaient comme plâtre.
— Et qu'était-ce donc que cette figure blanche, ce
Mama-Jumbo ? demanda le capitaine.
405 — Eh bien ! c'était un farceur affublé d'un grand drap
blanc, portant, au lieu de tête, une citrouille creusée et
garnie d'une chandelle allumée au bout d'un grand
bâton. Cela n'est pas plus malin, et il ne faut pas de
grands frais d'esprit pour attraper les Noirs. Avec tout
410 cela, c'est une bonne invention que le Mama-Jumbo, et
je voudrais que ma femme y crût.
— Pour la mienne, dit Ledoux, si elle n'a pas peur de

---

1. balafos : sorte de xylophones.
2. *boisseau* : ancienne mesure de capacité contenant environ treize litres.
3. *écubiers* : ouvertures pratiquées dans le flanc d'un navire pour permettre le passage de la chaîne de l'ancre.
4. *demi-encablure* : une encablure mesure environ 200 mètres.

Mama-Jumbo, elle a peur de Martin-Bâton ; et elle sait
de reste comment je l'arrangerais si elle me jouait quel-
415 que tour. Nous ne sommes pas endurants dans la famille
des Ledoux, et quoique je n'aie qu'un poignet, il manie
encore assez bien une garcette[1]. Quant à votre drôle là-
bas, qui parle du Mama-Jumbo, dites-lui qu'il se tienne
bien et qu'il ne fasse pas peur à la petite mère que voici,
420 ou je lui ferai si bien ratisser l'échine, que son cuir, de
noir, deviendra rouge comme un rosbif cru.
    À ces mots, le capitaine descendit dans sa chambre,
fit venir Ayché et tâcha de la consoler : mais ni les
caresses, ni les coups même, car on perd patience à la
425 fin, ne purent rendre traitable la belle Négresse ; des
flots de larmes coulaient de ses yeux. Le capitaine
remonta sur le pont, de mauvaise humeur, et querella
l'officier de quart[2] sur la manœuvre qu'il commandait
dans le moment.
430   La nuit, lorsque presque tout l'équipage dormait
d'un profond sommeil, les hommes de garde entendirent d'abord un chant grave, solennel, lugubre, qui
partait de l'entrepont, puis un cri de femme horriblement aigu. Aussitôt après, la grosse voix de Ledoux
435 jurant et menaçant, et le bruit de son terrible fouet,
retentirent dans tout le bâtiment. Un instant après tout
rentra dans le silence. Le lendemain, Tamango parut sur
le pont la figure meurtrie, mais l'air aussi fier, aussi
résolu qu'auparavant.
440   À peine Ayché l'eut-elle aperçu, que, quittant le gaillard d'arrière où elle était assise à côté du capitaine, elle
courut avec rapidité vers Tamango, s'agenouilla devant
lui, et lui dit avec un accent de désespoir concentré :
« Pardonne-moi, Tamango, pardonne-moi ! » Tamango la
445 regarda fixement pendant une minute ; puis, remarquant
que l'interprète était éloigné : « Une lime ! » dit-il ; et il se
coucha sur le tillac en tournant le dos à Ayché. Le capitaine la réprimanda vertement, lui donna même quel-

---

1. *garcette* : tresse avec laquelle on fouettait les matelots.
2. *de quart* : de service (pendant 6 heures).

ques soufflets[1], et lui défendit de parler à son ex-mari ;
450 mais il était loin de soupçonner le sens des courtes
paroles qu'ils avaient échangées, et il ne fit aucune question à ce sujet.

Cependant Tamango, renfermé avec les autres
esclaves, les exhortait jour et nuit à tenter un effort
455 généreux pour recouvrer leur liberté. Il leur parlait
du petit nombre des Blancs, et leur faisait remarquer
la négligence toujours croissante de leurs gardiens ; puis,
sans s'expliquer nettement, il disait qu'il saurait les
ramener dans leur pays, vantait son savoir dans les
460 sciences occultes[2], dont les Noirs sont fort entichés, et
menaçait de la vengeance du diable ceux qui se refuse-
raient de l'aider dans son entreprise. Dans ses
harangues, il ne se servait que du dialecte des Peuls•,
qu'entendaient la plupart des esclaves, mais que l'in-
465 terprète ne comprenait pas. La réputation de l'orateur,
l'habitude qu'avaient les esclaves de le craindre et de lui
obéir, vinrent merveilleusement au secours de son éloquence, et les Noirs le pressèrent de fixer un jour pour
leur délivrance, bien avant que lui-même se crût en état
470 de l'effectuer. Il répondit vaguement aux conjurés que le
temps n'était pas venu, et que le diable, qui lui apparaissait en songe, ne l'avait pas encore averti, mais qu'ils
eussent à se tenir prêts au premier signal. Cependant il
ne négligeait aucune occasion de faire des expériences
475 sur la vigilance de ses gardiens. Une fois, un matelot,
laissant son fusil appuyé contre les plats-bords, s'amusait à regarder une troupe de poissons volants qui suivaient le vaisseau ; Tamango prit le fusil et se mit à le
manier, imitant avec des gestes grotesques les mouve-
480 ments qu'il avait vu faire à des matelots qui faisaient
l'exercice. On lui retira le fusil au bout d'un instant ;
mais il avait appris qu'il pourrait toucher une arme sans
éveiller immédiatement le soupçon ; et quand le temps

---

1. *soufflets* : gifles.
2. *occultes* : secrètes, mystérieuses, réservées aux initiés.

viendrait de s'en servir, bien hardi celui qui voudrait la
485 lui arracher des mains.

Un jour, Ayché lui jeta un biscuit en lui faisant un
signe que lui seul comprit. Le biscuit contenait une
petite lime : c'était de cet instrument que dépendait la
réussite du complot. D'abord Tamango se garda bien
490 de montrer la lime à ses compagnons ; mais lorsque la
nuit fut venue, il se mit à murmurer des paroles inintelli-
gibles qu'il accompagnait de gestes bizarres. Par degrés
il s'anima jusqu'à pousser des cris. À entendre les intonations variées de sa voix, on eût dit qu'il était engagé
495 dans une conversation animée avec une personne invi-
sible. Tous les esclaves tremblaient, ne doutant pas que
le diable ne fût en ce moment même au milieu d'eux.
Tamango mit fin à cette scène en poussant un cri de
joie. « Camarades, s'écria-t-il, l'esprit que j'ai conjuré
500 vient enfin de m'accorder ce qu'il m'avait promis, et je
tiens dans mes mains l'instrument de notre délivrance.
Maintenant il ne vous faut plus qu'un peu de courage
pour vous faire libres. » Il fit toucher la lime à ses voisins,
et la fourbe[1], toute grossière qu'elle était, trouva créance
505 auprès d'hommes encore plus grossiers.

Après une longue attente vint le grand jour de vengeance et de liberté. Les conjurés, liés entre eux par un
serment solennel, avaient arrêté leur plan après une
mûre délibération. Les plus déterminés, ayant Tamango
510 à leur tête, lorsqu'ils monteraient à leur tour sur le pont,
devaient s'emparer des armes de leurs gardiens ; quelques autres iraient à la chambre du capitaine pour y
prendre les fusils qui s'y trouvaient. Ceux qui seraient
parvenus à limer leurs fers devaient commencer l'atta-
515 que ; mais, malgré le travail opiniâtre de plusieurs nuits,
le plus grand nombre des esclaves était encore incapable
de prendre une part énergique à l'action. Aussi trois
Noirs robustes avaient la charge de tuer l'homme qui
portait dans sa poche la clef des enfers, et d'aller aussi-
520 tôt délivrer leurs compagnons enchaînés.

---

1. *la fourbe* : la ruse.

Ce jour-là, le capitaine Ledoux était d'une humeur charmante ; contre sa coutume, il fit grâce à un mousse qui avait mérité le fouet. Il complimenta l'officier de quart sur sa manœuvre, déclara à l'équipage qu'il était
525 content, et lui annonça qu'à la Martinique, où ils arriveraient dans peu, chaque homme recevrait une gratification. Tous les matelots, entretenant de si agréables idées, faisaient déjà dans leur tête l'emploi de cette gratification. Ils pensaient à l'eau-de-vie et aux femmes de
530 couleur de la Martinique, lorsqu'on fit monter sur le pont Tamango et les autres conjurés.

Ils avaient eu soin de limer leurs fers de manière à ce qu'ils ne parussent pas être coupés, et que le moindre effort suffît cependant pour les rompre. D'ailleurs ils les
535 faisaient si bien résonner, qu'à les entendre on eût dit qu'ils en portaient un double poids. Après avoir humé l'air quelque temps, ils se prirent tous par la main et se mirent à danser pendant que Tamango entonnait le chant guerrier de sa famille*, qu'il chantait autrefois
540 avant d'aller au combat. Quand la danse eut duré quelque temps, Tamango, comme épuisé de fatigue, se coucha tout de son long aux pieds d'un matelot qui s'appuyait nonchalamment contre les plats-bords du navire ; tous les conjurés en firent autant. De la sorte, chaque
545 matelot était entouré de plusieurs Noirs.

Tout à coup Tamango, qui venait doucement de rompre ses fers, pousse un grand cri, qui devait servir de signal, tire violemment par les jambes le matelot qui se trouvait près de lui, le culbute, et, lui mettant le pied sur
550 le ventre, lui arrache son fusil, et s'en sert pour tuer l'officier de quart. En même temps, chaque matelot de garde est assailli, désarmé et aussitôt égorgé. De toutes parts un cri de guerre s'élève. Le contremaître, qui avait la clef des fers, succombe un des premiers. Alors une
555 foule de Noirs inondent le tillac[1]. Ceux qui ne peuvent

* Chaque capitaine nègre a le sien.

1. *tillac* : cf. note n° 2, p. 60.

trouver d'armes saisissent les barres de cabestan[1] ou les
rames de la chaloupe. Dès ce moment, l'équipage euro-
péen fut perdu. Cependant quelques matelots firent tête
sur le gaillard d'arrière ; mais ils manquaient d'armes et
560 de résolution. Ledoux était encore vivant et n'avait rien
perdu de son courage. S'apercevant que Tamango était
l'âme de la conjuration, il espéra que s'il pouvait le tuer
il aurait bon marché de ses complices. Il s'élança donc à
sa rencontre le sabre à la main en l'appelant à grands
565 cris. Aussitôt Tamango se précipita sur lui. Il tenait un
fusil par le bout du canon et s'en servait comme d'une
massue. Les deux chefs se joignirent sur un des passa-
vants, ce passage étroit qui communique du gaillard
d'avant à l'arrière. Tamango frappa le premier. Par un
570 léger mouvement de corps, le Blanc évita le coup. La
crosse, tombant avec force sur les planches, se brisa, et
le contrecoup fut si violent que le fusil échappa des
mains de Tamango. Il était sans défense, et Ledoux, avec
un sourire de joie diabolique, levait le bras et allait le
575 percer ; mais Tamango était aussi agile que les panthères
de son pays. Il s'élança dans les bras de son adversaire,
et lui saisit la main dont il tenait son sabre. L'un s'ef-
force de retenir son arme, l'autre de l'arracher. Dans
cette lutte furieuse, ils tombent tous les deux ; mais
580 l'Africain avait le dessous. Alors, sans se décourager,
Tamango, étreignant son adversaire de toute sa force, le
mordit à la gorge avec tant de violence que le sang jaillit
comme sous la dent d'un lion. Le sabre échappa de la
main défaillante du capitaine. Tamango s'en saisit ; puis,
585 se relevant, la bouche sanglante, et poussant un cri de
triomphe, il perça de coups redoublés son ennemi déjà
demi-mort.

La victoire n'était plus douteuse. Le peu de matelots
qui restaient essayèrent d'implorer la pitié des révoltés ;
590 mais tous, jusqu'à l'interprète, qui ne leur avait jamais fait
de mal, furent impitoyablement massacrés. Le lieutenant
mourut avec gloire. Il s'était retiré à l'arrière, auprès d'un

1. *cabestan* : cf. note n° 1, p. 51.

de ces petits canons qui tournent sur un pivot, et que l'on
charge de mitraille. De la main gauche il dirigea la pièce,
595 et de la droite, armé d'un sabre, il se défendit si bien qu'il
attira autour de lui une foule de Noirs. Alors, pressant la
détente du canon, il fit au milieu de cette masse serrée
une large rue pavée de morts et de mourants. Un instant
après il fut mis en pièces.

Danses de Nègres à bord d'un navire négrier, au début du XIXe siècle. *Gravure - B.N.*

Questions

Deuxième partie : *Capture et vengeance de Tamango* **(lignes 230 à 599).**

Compréhension

1. *Dans la capture de Tamango, quels traits de caractère Ledoux révèle-t-il ?*

2. *Tamango menace Ayché du Mama-Jumbo : pourquoi cette menace est-elle déterminante pour la suite du récit ?*

3. *La réaction de Ledoux au récit du Mama-Jumbo surprend-elle le lecteur ?*

4. *La révolte : pourquoi Tamango persuade-t-il facilement les Noirs de se révolter ? De quelles qualités fait-il preuve ?*

5. *Le capitaine meurt d'une façon horrible : le plaignons-nous ?*

Écriture

6. *Dans le récit de la révolte (lignes 546 à 587), comment Mérimée évoque-t-il la rapidité des actions ? Relevez le champ lexical• de la mort.*

7. *Quelles sont les deux comparaisons• animales qui annoncent la morsure de Tamango fatale au capitaine Ledoux ?*

Coupe d'un navire négrier. B.N.

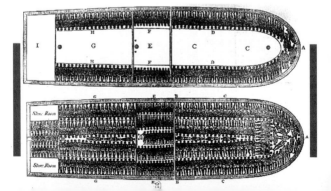

L'action

• **Ce que nous savons**

Bien préparée par Tamango, la révolte des esclaves a pleinement réussie. Elle a donné lieu à des scènes de barbarie, et il ne reste plus un seul Blanc sur le navire.

• **À quoi nous attendre ?**

Livrés à eux-mêmes, sans chef – du moins sans chef compétent –, comment les esclaves vont-ils manœuvrer le navire ?

Les personnages

• **Ce que nous savons**

– Tamango joue ici le premier rôle. Il a été capturé par traîtrise et, devenu l'égal des hommes qu'il a vendus, il a tellement d'ascendant sur eux, qu'ils n'osent pas se venger de lui. Il est l'âme de la révolte. Il a menacé Ayché du «Mama-Jumbo», si bien qu'elle lui a fourni une lime. Intelligent et rusé, il a compris que ses compagnons devaient lui prêter des pouvoirs surnaturels pour le suivre. Il les persuade donc que c'est un esprit qui lui a fourni la lime, instrument de la délivrance... Déterminé et courageux, il a le dessus sur Ledoux, qu'il tue d'une façon barbare.

– Superstitieuse et influençable, Ayché, qui a été la cause involontaire de la capture de Tamango, s'est rachetée en lui faisant parvenir une lime cachée dans un biscuit.

– Ledoux, en capturant Tamango, se montre encore fourbe, rusé, intéressé. Il couvre aussi du voile de l'humanité des intérêts sordides : s'il permet aux Noirs une promenade sur le pont et même de danser, c'est, si l'on peut dire, pour les maintenir en bon état. Le chef Noir en le tuant, s'est vengé.

• **À quoi nous attendre ?**

Tamango est donc le seul maître à bord. Pourra-t-il tenir les promesses qu'il a faites à ses compagnons, de les ramener dans leur pays, avec l'aide des esprits ?

69

600 Lorsque le cadavre du dernier Blanc, déchiqueté et coupé par morceaux, eut été jeté à la mer, les Noirs, rassasiés de vengeance, levèrent les yeux vers les voiles du navire, qui, toujours enflées par un vent frais, semblaient obéir encore à leurs oppresseurs et mener
605 les vainqueurs, malgré leur triomphe, dans la terre de l'esclavage. « Rien n'est donc fait, pensèrent-ils avec tristesse ; et ce grand fétiche[1] des Blancs voudra-t-il nous ramener dans notre pays, nous qui avons versé le sang de ses maîtres ? » Quelques-uns dirent que Tamango sau-
610 rait le faire obéir. Aussitôt on appelle Tamango à grands cris.

Il ne se pressait pas de se montrer. On le trouva dans la chambre de poupe, debout, une main appuyée sur le sabre sanglant du capitaine ; l'autre, il la tendait d'un air
615 distrait à sa femme Ayché, qui la baisait à genoux devant lui. La joie d'avoir vaincu ne diminuait pas une sombre inquiétude qui se trahissait dans toute sa contenance. Moins grossier que les autres, il sentait mieux la difficulté de sa position.

620 Il parut enfin sur le tillac, affectant un calme qu'il n'éprouvait pas. Pressé par cent voix confuses de diriger la course du vaisseau, il s'approcha du gouvernail à pas lents, comme pour retarder un peu le moment qui allait, pour lui-même et pour les autres, décider de
625 l'étendue de son pouvoir.

Dans tout le vaisseau il n'y avait pas un Noir, si stupide qu'il fût, qui n'eût remarqué l'influence qu'une certaine roue et la boîte placée en face exerçaient sur les mouvements du navire ; mais dans ce mécanisme il y
630 avait toujours pour eux un grand mystère. Tamango examina la boussole pendant longtemps en remuant les lèvres, comme s'il lisait les caractères qu'il y voyait tracés ; puis il portait la main à son front, et prenait l'attitude pensive d'un homme qui fait un calcul de tête.
635 Tous les Noirs l'entouraient, la bouche béante, les yeux démesurément ouverts, suivant avec anxiété le moindre

---

1. *fétiche* : objet auquel sont attribuées des propriétés surnaturelles.

de ses gestes. Enfin, avec ce mélange de crainte et de confiance que l'ignorance donne, il imprima un violent mouvement à la roue du gouvernail.

640 Comme un généreux coursier qui se cabre sous l'éperon d'un cavalier imprudent, le beau brick l'*Espérance* bondit sur la vague à cette manœuvre inouïe. On eût dit qu'indigné il voulait s'engloutir avec son pilote ignorant. Le rapport nécessaire entre la direction des voiles et

645 celle du gouvernail étant brusquement rompu, le vaisseau s'inclina avec tant de violence qu'on eût dit qu'il allait s'abîmer. Ses longues vergues[1] plongèrent dans la mer. Plusieurs hommes furent renversés ; quelques-uns tombèrent par-dessus le bord. Bientôt le vaisseau se

550 releva fièrement contre la lame, comme pour lutter encore une fois avec la destruction. Le vent redoubla d'efforts, et tout d'un coup, avec un bruit horrible, tombèrent les deux mâts, cassés à quelques pieds du pont, couvrant le tillac de débris et comme d'un lourd filet de

55 cordages.

Les Nègres épouvantés fuyaient sous les écoutilles en poussant des cris de terreur ; mais, comme le vent ne trouvait plus de prise, le vaisseau se releva et se laissa doucement ballotter par les flots. Alors les plus hardis

60 des Noirs remontèrent sur le tillac et le débarrassèrent des débris qui l'obstruaient. Tamango restait immobile, le coude appuyé sur l'habitacle et se cachant le visage sur son bras replié. Ayché était auprès de lui, mais n'osait lui adresser la parole. Peu à peu les Noirs

55 s'approchèrent ; un murmure s'éleva, qui bientôt se changea en un orage de reproches et d'injures. « Perfide ! imposteur ! s'écriaient-ils, c'est toi qui as causé tous nos maux, c'est toi qui nous as vendus aux Blancs, c'est toi qui nous as contraints de nous révolter contre eux. Tu

0 nous avais vanté ton savoir, tu nous avais promis de nous ramener dans notre pays. Nous t'avons cru, insensés que nous étions ! et voilà que nous avons manqué de périr tous parce que tu as offensé le fétiche des Blancs. »

---

1. *vergues* : pièces de bois fixées transversalement sur les mâts.

Tamango releva fièrement la tête, et les Noirs qui l'en-
675 touraient reculèrent intimidés. Il ramassa deux fusils, fit
signe à sa femme de le suivre, traversa la foule, qui s'ouvrit devant lui, et se dirigea vers l'avant du vaisseau. Là il
se fit comme un rempart avec des tonneaux vides et des
planches ; puis il s'assit au milieu de cette espèce de
680 retranchement, d'où sortaient menaçantes les baïonnettes de ses deux fusils. On le laissa tranquille. Parmi
les révoltés, les uns pleuraient ; d'autres, levant les
mains au ciel, invoquaient leurs fétiches et ceux des
Blancs ; ceux-ci, à genoux devant la boussole, dont ils
685 admiraient le mouvement continuel, la suppliaient de
les ramener dans leur pays ; ceux-là se couchaient sur le
tillac dans un morne abattement. Au milieu de ces
désespérés, qu'on se représente des femmes et des
enfants hurlant d'effroi, et une vingtaine de blessés
690 implorant des secours que personne ne pensait à leur
donner.

Tout à coup un Nègre paraît sur le tillac : son visage
est radieux. Il annonce qu'il vient de découvrir l'endroit où les Blancs gardent leur eau-de-vie ; sa joie et
695 sa contenance prouvent assez qu'il vient d'en faire
l'essai. Cette nouvelle suspend un instant les cris de ces
malheureux. Ils courent à la cambuse[1] et se gorgent de
liqueur. Une heure après on les eût vus sauter et rire sur
le pont, se livrant à toutes les extravagances de l'ivresse
700 la plus brutale. Leurs danses et leurs chants étaient
accompagnés des gémissements et des sanglots des blessés. Ainsi se passa le reste du jour et toute la nuit.

Le matin, au réveil, nouveau désespoir. Pendant la
nuit, un grand nombre de blessés étaient morts. Le vais-
705 seau flottait entouré de cadavres. La mer était grosse et
le ciel brumeux. On tint conseil. Quelques apprentis
dans l'art magique, qui n'avaient point osé parler de leur
savoir-faire devant Tamango, offrirent tour à tour leurs
services. On essaya plusieurs conjurations puissantes. À
710 chaque tentative inutile, le découragement augmentait.

---

1. *cambuse* : magasin du navire, où sont entreposés les vivres.

Enfin on reparla de Tamango, qui n'était pas encore
sorti de son retranchement. Après tout, c'était le plus
savant d'entre eux, et lui seul pouvait les tirer de la situation horrible où il les avait placés. Un vieillard s'appro-
15 cha de lui, porteur de propositions de paix. Il le pria de
venir donner son avis ; mais Tamango, inflexible comme
Coriolan•, fut sourd à ses prières. La nuit, au milieu du
désordre, il avait fait sa provision de biscuit et de chair
salée. Il paraissait déterminé à vivre seul dans sa retraite.
20 L'eau-de-vie restait. Au moins elle fait oublier et la
mer, et l'esclavage, et la mort prochaine. On dort, on
rêve de l'Afrique, on voit des forêts de gommiers[1], des
cases couvertes en paille, des baobabs[2] dont l'ombre
couvre tout un village. L'orgie de la veille recommença.
25 De la sorte se passèrent plusieurs jours. Crier, pleurer,
s'arracher les cheveux, puis s'enivrer et dormir, telle
était leur vie. Plusieurs moururent à force de boire ; quelques-uns se jetèrent à la mer, ou se poignardèrent.

Un matin Tamango sortit de son fort et s'avança jus-
30 qu'auprès du tronçon du grand mât. «Esclaves, dit-il,
l'Esprit m'est apparu en songe et m'a révélé les moyens
de vous tirer d'ici pour vous ramener dans votre pays.
Votre ingratitude mériterait que je vous abandonnasse ;
mais j'ai pitié de ces femmes et de ces enfants qui crient.
5 Je vous pardonne : écoutez-moi. » Tous les Noirs bais-
sèrent la tête avec respect et se serrèrent autour de lui.

«Les Blancs, poursuivit Tamango, connaissent seuls
les paroles puissantes qui font remuer ces grandes mai-
sons de bois ; mais nous pouvons diriger à notre gré ces
10 barques légères qui ressemblent à celles de notre pays. »
Il montrait la chaloupe et les autres embarcations du
brick. «Remplissons-les de vivres, montons dedans, et
ramons dans la direction du vent ; mon maître et le vôtre
le fera souffler vers notre pays. » On le crut. Jamais pro-
15 jet ne fut plus insensé. Ignorant l'usage de la boussole, et
sous un ciel inconnu, il ne pouvait qu'errer à l'aventure.

---

1. *gommiers* : arbres qui produisent de la gomme.
2. *baobabs* : grands arbres des savanes.

D'après ses idées, il s'imaginait qu'en ramant tout droit devant lui il trouverait à la fin quelque terre habitée par les Noirs, car les Noirs possèdent la terre, et les Blancs
750 vivent sur leurs vaisseaux. C'est ce qu'il avait entendu dire à sa mère.

Tout fut bientôt prêt pour l'embarquement ; mais la chaloupe avec un canot seulement se trouva en état de servir. C'était trop peu pour contenir environ quatre-
755 vingts Nègres encore vivants. Il fallut abandonner tous les blessés et les malades. La plupart demandèrent qu'on les tuât avant de se séparer d'eux.

Les deux embarcations, mises à flot avec des peines infinies et chargées outre mesure, quittèrent le vaisseau
760 par une mer clapoteuse, qui menaçait à chaque instant de les engloutir. Le canot s'éloigna le premier. Tamango avec Ayché avait pris place dans la chaloupe, qui, beaucoup plus lourde et plus chargée, demeurait considérablement en arrière. On entendait encore les cris plain-
765 tifs de quelques malheureux abandonnés à bord du brick, quand une vague assez forte prit la chaloupe en travers et l'emplit d'eau. En moins d'une minute, elle coula. Le canot vit leur désastre, et ses rameurs redoublèrent d'efforts, de peur d'avoir à recueillir quelques
770 naufragés. Presque tous ceux qui montaient la chaloupe furent noyés. Une douzaine seulement put regagner le vaisseau. De ce nombre étaient Tamango et Ayché. Quand le soleil se coucha, ils virent disparaître le canot derrière l'horizon ; mais ce qu'il devint, on l'ignore.

775 Pourquoi fatiguerais-je le lecteur par la description dégoûtante des tortures de la faim ? Vingt personnes environ sur un espace étroit, tantôt ballottées par une mer orageuse, tantôt brûlées par un soleil ardent, se disputent tous les jours les faibles restes de leurs provi-
780 sions. Chaque morceau de biscuit coûte un combat, et le faible meurt, non parce que le fort le tue, mais parce qu'il le laisse mourir. Au bout de quelques jours, il ne resta plus de vivant à bord du brick *l'Espérance* que Tamango et Ayché.

. . . .

785 Une nuit, la mer était agitée, le vent soufflait avec violence, et l'obscurité était si grande que de la poupe

on ne pouvait voir la proue du navire. Ayché était cou-
chée sur un matelas dans la chambre du capitaine, et
Tamango était assis à ses pieds. Tous les deux gardaient
le silence depuis longtemps. « Tamango, s'écria enfin
Ayché, tout ce que tu souffres tu le souffres à cause de
moi... – Je ne souffre pas », répondit-il brusquement, et
il jeta sur le matelas, à côté de sa femme, la moitié d'un
biscuit qui lui restait. « Garde-le pour toi, dit-elle en
repoussant doucement le biscuit ; je n'ai plus faim. D'ailleurs, pourquoi manger ? Mon heure n'est-elle pas
venue ? » Tamango se leva sans répondre, monta en
chancelant sur le tillac, et s'assit au pied d'un mât
rompu. La tête penchée sur sa poitrine, il sifflait l'air de
sa famille. Tout à coup un grand cri se fit entendre au-
dessus du bruit du vent et de la mer ; une lumière parut.
Il entendit d'autres cris, et un gros vaisseau noir glissa
rapidement auprès du sien, si près que les vergues passèrent au-dessus de sa tête. Il ne vit que deux figures
éclairées par une lanterne suspendue à un mât. Ces gens
poussèrent encore un cri, et aussitôt leur navire,
emporté par le vent, disparut dans l'obscurité. Sans
doute les hommes de garde avaient aperçu le vaisseau
naufragé ; mais le gros temps les empêchait de virer de
bord. Un instant après, Tamango vit la flamme d'un
canon et entendit le bruit de l'explosion ; puis il vit la
flamme d'un autre canon, mais il n'entendit aucun
bruit ; puis il ne vit plus rien. Le lendemain, pas une
voile ne paraissait à l'horizon. Tamango se recoucha sur
son matelas et ferma les yeux. Sa femme Ayché était
morte cette nuit-là.

. . . .

Je ne sais combien de temps après une frégate
anglaise, *la Bellone,* aperçut un bâtiment démâté et en
apparence abandonné de son équipage. Une chaloupe,
l'ayant abordé, y trouva une Négresse morte et un Nègre
si décharné et si maigre qu'il ressemblait à une momie.
Il était sans connaissance, mais avait encore un souffle
de vie. Le chirurgien s'en empara, lui donna des soins,
et quand *la Bellone* aborda à Kingston•, Tamango était
en parfaite santé. On lui demanda son histoire. Il dit
ce qu'il en savait. Les planteurs de l'île voulaient qu'on

le pendît comme un Nègre rebelle ; mais le gouverneur, qui était un homme humain, s'intéressa à lui, trouvant son cas justifiable, puisque après tout il n'avait fait
830 qu'user du droit de légitime défense ; et puis ceux qu'il avait tués n'étaient que des Français. On le traita comme on traite les Nègres pris à bord d'un vaisseau négrier que l'on confisque. On lui donna la liberté, c'est-à-dire qu'on le fit travailler pour le gouvernement ; mais il avait
835 six sous par jour et la nourriture. C'était un fort bel homme. Le colonel du 75ᵉ le vit et le prit pour en faire un cymbalier[1] dans la musique de son régiment. Il apprit un peu d'anglais ; mais il ne parlait guère. En revanche, il buvait avec excès du rhum et du tafia[2]. – Il mourut à
840 l'hôpital d'une inflammation de poitrine.

1. *cymbalier* : celui qui joue des cymbales, grands disques de métal que l'on frappe l'un contre l'autre.
2. *tafia* : eau-de-vie de canne.

Troisième partie : *Le dénouement* (lignes 600 à 840).

Compréhension

1. *Relevez les gestes et les attitudes de Tamango qui révèlent son embarras.*

2. *Tamango se retrouve isolé. Pourquoi cependant ses compagnons ne se vengent-ils pas ? Et pourquoi acceptent-ils de quitter le navire ?*

3. *Combien y avait-il de Noirs sur le bateau ? Combien en restait-il de vivants après leur révolte ? Combien sont-ils sur le navire après la disparition de la chaloupe ?*

4. *Après son arrivée à Kingston, pourquoi Tamango a-t-il la vie sauve ?*

5. *Peut-on donner une explication à son mutisme ?*

Écriture

6. *Dans la scène de désespoir des esclaves (lignes 681 à 691), énumérez les différents groupes successivement dépeints.*

7. *Le narrateur* apparaît vers la fin du récit («Pourquoi fatiguerais-je le lecteur...»). Est-il dans le récit ou à l'extérieur du récit ?*

Lectures

Au xviiiᵉ comme au xixᵉ siècle, de grands auteurs se sont élevés contre l'esclavage.
En 1748, Montesquieu (De l'esprit des Lois, XV, 5) feint de trouver exagérées les critiques adressées aux esclavagistes. Le héros de Voltaire, Candide, lorsqu'il rencontre le nègre de Surinam, prend brutalement conscience de l'horreur de l'esclavage (Candide, paru en 1759, chapitre XIX).
En 1820, Victor Hugo, à peine âgé de dix-huit ans, écrit la première version de Bug-Jargal, roman qui a pour toile de fond la révolte des Noirs à Saint-Domingue.

Quant au roman de Mrs. Beecher-Stowe, La case de l'oncle Tom,
paru en 1851, quatorze ans avant le début de la Guerre de Séces-
sion, il fit prendre conscience à l'opinion américaine de la situation
des Noirs dans les états du Sud.

Traitement des esclaves aux Antilles et en Amérique du Sud.
Gravure pour Voyage à la Mer du Sud
de Froger, 1715. B.N.

L'action

La révolte victorieuse des esclaves sur le bateau ne leur a pas pour autant donné la liberté. Prisonniers du navire et de l'océan, ignorant tout de la navigation, sans vivres, ils se sont éteints peu à peu. Tamango, le seul survivant, a été recueilli sur une frégate anglaise, et emmené à Kingstone, sur l'île de la Jamaïque, où il est devenu cymbalier dans un régiment. Il mourra dans un hôpital.

Les personnages

– Tout au long du récit, le nombre de personnages s'est régulièrement réduit. De l'équipage de l'Espérance (qu'on peut imaginer nombreux pour exécuter les manœuvres et surveiller les prisonniers), et des 183 esclaves embarqués, il ne reste qu'un survivant.

– Le capitaine Ledoux, cruel et impitoyable, a péri de mort violente. Il a été vaincu par un être fruste que pourtant lui-même avait joué deux fois, d'abord en payant d'une façon dérisoire les esclaves qu'il lui amenait, et ensuite en le capturant par traîtrise et en l'enchaînant sur son navire.

– Bien qu'il ait échappé à la mort sur le brick et qu'il se soit vengé de Ledoux, Tamango apparaît comme un perdant. Il a tout perdu en effet : sa liberté, ses épouses, sa tribu. Ce «vendeur d'hommes», puissant et craint, est devenu esclave. Il vivait en Afrique, il est exilé dans une île des Antilles. Il était libre, il doit travailler pour vivre, avant de mourir dans un hôpital.
S'il s'est révolté contre les trafiquants d'esclaves, c'est surtout pour éviter un sort affreux. Sa vengeance est égoïste : il n'a rien du chef prestigieux qui aurait combattu par idéal les marchands d'esclaves dont, bien au contraire, il a été le pourvoyeur.

15 cent. le numéro.   LE PETIT   3 francs par an

MONITEUR ILLUSTR

Un an, 8 fr.! — Six mois, 4 fr.
On s'abonne pour Paris et les départements :
13, Quai Voltaire, 13
en envoyant un mandat sur la Poste.

DIMANCHE 12 JUILLET 1885. — N° 28

Les annonces et insertions sont
Chez M. L. AUBOURG et C°, 10, place
et dans les Bureaux du jour
13, Quai Voltaire.

LE VASE ÉTRUSQUE

Nouvelle, par Prosper MÉRIMÉE.

« Saint-Clair, dont la colère était arrivée au dernier période, ne put se contraindre plus longtemps. Il se
étriers et frappa fortement de sa badine le nez du cheval de Thémines... »

LE VASE ÉTRUSQUE
1830

Auguste Saint-Clair n'était point aimé dans ce qu'on appelle le monde ; la principale raison, c'était qu'il ne cherchait à plaire qu'aux gens qui lui plaisaient à lui-même. Il recherchait les uns et fuyait les autres. D'ailleurs il était distrait et indolent. Un soir, comme il sortait du Théâtre-Italien, la marquise A*** lui demanda comment avait chanté mademoiselle Sontag•. «Oui, madame», répondit Saint-Clair en souriant agréablement, et pensant à tout autre chose. On ne pouvait attribuer cette réponse ridicule à la timidité, car il parlait à un grand seigneur, à un grand homme, et même à une femme à la mode, avec autant d'aplomb que s'il eût entretenu son égal. – La marquise décida que Saint-Clair était un prodige d'impertinence et de fatuité[1].

Madame B*** l'invita à dîner un lundi. Elle lui parla souvent ; et, en sortant de chez elle, il déclara que jamais il n'avait rencontré de femme plus aimable. Madame B*** amassait de l'esprit chez les autres pendant un mois, et le dépensait chez elle en une soirée. Saint-Clair la revit le jeudi de la même semaine. Cette fois, il s'ennuya quelque peu. Une autre visite le détermina à ne plus reparaître dans son salon. Madame B*** publia que Saint-Clair était un jeune homme sans manières et du plus mauvais ton.

Il était né avec un cœur tendre et aimant ; mais à un âge où l'on prend trop facilement des impressions qui durent toute la vie, sa sensibilité trop expansive[2] lui avait attiré les railleries de ses camarades. Il était fier, ambi-

---

1. *fatuité* : sottise, vanité.
2. *expansive* : qui aime à s'épancher, à communiquer ses sentiments.

tieux ; il tenait à l'opinion comme y tiennent les enfants.
30 Dès lors il se fit une étude de cacher tous les dehors
de ce qu'il regardait comme une faiblesse déshonorante.
Il atteignit son but, mais sa victoire lui coûta cher. Il put
celer[1] aux autres les émotions de son âme trop tendre ;
mais en les renfermant en lui-même, il se les rendit cent
35 fois plus cruelles. Dans le monde il obtint la triste réputation d'insensible et d'insouciant ; et, dans la solitude,
son imagination inquiète lui créait des tourments d'autant plus affreux qu'il n'aurait voulu en confier le secret
à personne.
40 Il est vrai qu'il est difficile de trouver un ami !
– Difficile ! Est-ce possible ? Deux hommes ont-ils existé
qui n'eussent pas de secret l'un pour l'autre ? – Saint-
Clair ne croyait guère à l'amitié, et l'on s'en apercevait.
On le trouvait froid et réservé avec les jeunes gens de la
45 société. Jamais il ne les questionnait sur leurs secrets ;
mais toutes ses pensées et la plupart de ses actions
étaient des mystères pour eux. Les Français aiment
à parler d'eux-mêmes ; aussi Saint-Clair était-il, malgré
lui, le dépositaire de bien des confidences. Ses amis, et
50 ce mot désigne les personnes que nous voyons deux fois
par semaine, se plaignaient de sa méfiance à leur égard ;
en effet, celui qui, sans qu'on l'interroge, nous fait part
de son secret, s'offense ordinairement de ne pas
apprendre le nôtre. On s'imagine qu'il doit y avoir réci-
55 procité dans l'indiscrétion.
« Il est boutonné jusqu'au menton », disait un jour le
beau chef d'escadron Alphonse de Thémines : « jamais
je ne pourrai avoir la moindre confiance dans ce diable
de Saint-Clair.
60 – Je le crois un peu jésuite[2], reprit Jules Lambert ; quelqu'un m'a juré sa parole qu'il l'avait rencontré deux fois
sortant de Saint-Sulpice. Personne ne sait ce qu'il pense.
Pour moi, je ne pourrai jamais être à mon aise avec lui. »

---

1. *celer* : cacher.
2. *jésuite* : hypocrite. Au sens propre, un jésuite est un prêtre de la Compagnie de
Jésus.

Ils se séparèrent. Alphonse rencontra Saint-Clair sur le boulevard Italien, marchant la tête baissée et sans voir personne. Alphonse l'arrêta, lui prit le bras, et, avant qu'ils fussent arrivés à la rue de la Paix, il lui avait raconté toute l'histoire de ses amours avec madame***, dont le mari est si jaloux et si brutal.

Le même soir, Jules Lambert perdit son argent à l'écarté[1]. Il se mit à danser. En dansant il coudoya un homme qui, ayant aussi perdu tout son argent, était de fort mauvaise humeur. De là quelques mots piquants : rendez-vous pris. Jules pria Saint-Clair de lui servir de second, et, par la même occasion, lui emprunta de l'argent, qu'il a toujours oublié de lui rendre.

Après tout, Saint-Clair était un homme assez facile à vivre. Ses défauts ne nuisaient qu'à lui seul. Il était obligeant, souvent aimable, rarement ennuyeux. Il avait beaucoup voyagé, beaucoup lu, et ne parlait de ses voyages et de ses lectures que lorsqu'on l'exigeait. D'ailleurs il était grand, bien fait ; sa physionomie était noble et spirituelle, presque toujours trop grave ; mais son sourire était plein de grâce.

J'oubliais un point important. Saint-Clair était attentif auprès de toutes les femmes, et recherchait leur conversation plus que celle des hommes. Aimait-il ? C'est ce qu'il était difficile de décider. Seulement si cet être si froid ressentait de l'amour, on savait que la jolie comtesse Mathilde de Coursy devait être l'objet de sa préférence. C'était une jeune veuve chez laquelle on le voyait assidu. Pour conclure leur intimité, on avait les présomptions[2] suivantes. D'abord la politesse presque cérémonieuse de Saint-Clair pour la comtesse, et *vice versa* ; puis son affectation de ne jamais prononcer son nom dans le monde ; ou, s'il était obligé de parler d'elle, jamais le moindre éloge ; puis, avant que Saint-Clair ne lui fût présenté, il aimait passionnément la musique, et la comtesse avait autant de goût pour la peinture. Depuis

---

1. *écarté* : jeu de cartes.
2. *présomptions* : jugements fondés sur des apparences, sans preuves formelles.

100 qu'ils s'étaient vus leurs goûts avaient changé. Enfin, la
comtesse ayant été aux eaux l'année passée, Saint-Clair
était parti six jours après elle.

. . . .
. . . .

Mon devoir d'historien m'oblige à déclarer qu'une
nuit du mois de juillet, peu de moments avant le lever
105 du soleil, la porte du parc d'une maison de campagne
s'ouvrit, et qu'il en sortit un homme avec toutes les précautions d'un voleur qui craint d'être surpris. Cette maison de campagne appartenait à madame de Coursy, et
cet homme était Saint-Clair. Une femme, enveloppée
110 dans une pelisse[1], l'accompagna jusqu'à la porte, et
passa la tête en dehors pour le voir encore plus longtemps tandis qu'il s'éloignait en descendant le sentier
qui longeait le mur du parc. Saint-Clair s'arrêta, jeta
autour de lui un coup d'œil circonspect[2], et de la main
115 fit signe à cette femme de rentrer. La clarté d'une nuit
d'été lui permettait de distinguer sa figure pâle, toujours
immobile à la même place. Il revint sur ses pas, s'approcha d'elle et la serra tendrement dans ses bras. Il voulait
l'engager à rentrer ; mais il avait encore cent choses à lui
120 dire. Leur conversation durait depuis dix minutes, quand
on entendit la voix d'un paysan qui sortait pour aller
travailler aux champs. Un baiser est pris et rendu, la
porte est fermée, et Saint-Clair d'un saut, est au bout du
sentier.

125 Il suivait un chemin qui lui semblait bien connu. –
Tantôt il sautait presque de joie, et courait en frappant
les buissons de sa canne ; tantôt il s'arrêtait ou marchait
lentement, regardant le ciel qui se colorait de pourpre
du côté de l'orient. Bref, à le voir, on eût dit un fou
130 enchanté d'avoir brisé sa cage. Après une demi-heure de
marche il était à la porte d'une petite maison isolée qu'il
avait louée pour la saison. Il avait une clef : il entra ; puis
il se jeta sur un grand canapé, et là, les yeux fixes, la

---

1. *pelisse* : manteau doublé de fourrure.
2. *circonspect* : prudent.

bouche courbée par un doux sourire, il pensait, il rêvait
135 tout éveillé. Son imagination ne lui présentait alors que
des pensées de bonheur. «Que je suis heureux! se
disait-il à chaque instant. Enfin je l'ai rencontré ce cœur
qui comprend le mien!... – Oui, c'est mon idéal que j'ai
trouvé... J'ai tout à la fois un *ami* et une maîtresse... Quel
140 caractère!... quelle âme passionnée!... Non, elle n'a
jamais aimé avant moi...» Bientôt, comme la vanité se
glisse toujours dans les affaires de ce monde : «C'est la
plus belle femme de Paris», pensait-il; et son imagination lui retraçait à la fois tous ses charmes. – «Elle m'a
145 choisi entre tous. Elle avait pour admirateurs l'élite de la
société. Ce colonel de hussards si beau, si brave, – et pas
trop fat; – ce jeune auteur qui fait de si jolies aquarelles
et qui joue si bien les proverbes; – ce Lovelace• russe
qui a vu le Balkan et qui a servi sous Diébitch•; – surtout
150 Camille T***, qui a de l'esprit certainement, de belles
manières, un beau coup de sabre sur le front... elle les a
tous éconduits. Et moi!...» Alors venait son refrain :
«Que je suis heureux! que je suis heureux!» Et il se
levait, ouvrait la fenêtre, car il ne pouvait respirer; puis
155 il se promenait, puis il se roulait sur son canapé.

Un amant heureux est presque aussi ennuyeux qu'un
amant malheureux. Un de mes amis, qui se trouvait
souvent dans l'une ou l'autre de ces deux positions,
n'avait trouvé d'autre moyen de se faire écouter que de
60 me donner un excellent déjeuner pendant lequel il avait
la liberté de parler de ses amours; le café pris, il fallait
absolument changer de conversation.

Comme je ne puis donner à déjeuner à tous mes lec-
teurs, je leur ferai grâce des pensées d'amour de Saint-
65 Clair. D'ailleurs on ne peut pas toujours rester dans la
région des nuages. Saint-Clair était fatigué, il bâilla,
étendit les bras, vit qu'il était grand jour; il fallait enfin
penser à dormir. Lorsqu'il se réveilla, il vit à sa montre
qu'il avait à peine le temps de s'habiller et de courir à
70 Paris, où il était invité à un déjeuner-dîner avec plusieurs
jeunes gens de sa connaissance.

. . . .

Première partie : *Auguste Saint-Clair et Mathilde de Coursy* (lignes 1 à 171).

Compréhension

1. *Par qui la réputation d'Auguste est-elle faite ? Les personnes qui le dénigrent sont-elles sympathiques ? Étudiez sa dualité : ce qu'il est, ce qu'il paraît être.*

2. *Quand il songe à Mathilde de Coursy, par quelle pensée surtout est-il flatté ?*

3. *« Un fou enchanté d'avoir brisé sa cage » : justifiez cette image.*

Écriture

4. *Le narrateur* *intervient à plusieurs reprises («Mon devoir d'historien... Un de mes amis...»). Est-il dans le récit ou à l'extérieur du récit ? Relevez quelques exemples d'intervention.*

George Bryan Brummel (1778-1840). Gravure de J. Testevuide.

Bilan

L'action

• Ce que nous savons

Peu d'action au début de ce récit qui se déroule à Paris, au début du XIXᵉ siècle, dans un milieu riche et aristocratique. De jeunes mondains fréquentent les théâtres, les salons et les cafés du boulevard des Italiens. Le héros, le mystérieux Saint-Clair, est l'amant heureux de Mathilde de Coursy.

• À quoi nous attendre ?

1. La méfiance, sinon l'hostilité des jeunes à l'égard de Saint-Clair, va-t-elle se manifester ouvertement ?

2. La passion de Mathilde et d'Auguste va-t-elle durer ?

Les personnages

• Ce que nous savons

– Auguste Saint-Clair est longuement présenté par le narrateur : c'est un jeune homme apparemment insensible et insouciant, mais au fond « tendre et aimant » ; grave, cultivé, obligeant, il est aussi froid, réservé, et ne se livre pas.

– De la comtesse Mathilde de Coursy, nous apprenons qu'elle est jeune et jolie. Comme elle apparaît dans le clair-obscur de l'aube, on ne voit que sa figure pâle et sa pelisse qui ne donnent pas de sa personne une idée bien précise.

– Deux jeunes gens font également leur apparition dans le récit, Adolphe de Thémines et Jules Lambert, qui se méfient de Saint-Clair, mais le prennent volontiers pour confident ou pour témoin dans un duel.

• À quoi nous attendre ?

Le lecteur attend la suite des amours de Mathilde et Auguste. Il peut prévoir aussi que ces amours risquent d'être contrariées ou du moins peu favorisées par les « amis » du héros.

On venait de déboucher une autre bouteille de vin de Champagne ; je laisse au lecteur à en déterminer le numéro. Qu'il lui suffise de savoir qu'on en était venu à
175 ce moment, qui arrive assez vite dans un déjeuner de garçons, où tout le monde veut parler à la fois, où les bonnes têtes commencent à concevoir des inquiétudes pour les mauvaises.

« Je voudrais », dit Alphonse de Thémines, qui ne per-
180 dait jamais une occasion de parler de l'Angleterre, « je voudrais que ce fût la mode à Paris comme à Londres de porter chacun un toast[1] à sa maîtresse. De la sorte nous saurions au juste pour qui soupire notre ami Saint-Clair » ; et, en parlant ainsi, il remplit son verre et ceux
185 de ses voisins.

Saint-Clair, un peu embarrassé, se préparait à répondre ; mais Jules Lambert le prévint : « J'approuve fort cet usage, dit-il, et je l'adopte ; et, levant son verre : À toutes les modistes de Paris ! J'en excepte celles qui
190 ont trente ans, les borgnes et les boiteuses, etc.

– Hurra ! hurra !» crièrent les jeunes anglomanes.

Saint-Clair se leva, son verre à la main : « Messieurs, lit-il, je n'ai point un cœur aussi vaste que notre ami Jules, mais il est plus constant. Or ma constance est
195 d'autant plus méritoire que, depuis longtemps, je suis séparé de la dame de mes pensées. Je suis sûr cependant que vous approuverez mon choix, si toutefois vous n'êtes pas déjà mes rivaux. À Judith Pasta•, messieurs ! Puissions-nous revoir bientôt la première tragédienne de
200 l'Europe !»

Thémines voulait critiquer le toast ; mais les acclamations l'interrompirent. Saint-Clair ayant paré cette botte[2] se croyait hors d'affaire pour la journée.

La conversation tomba d'abord sur les théâtres. La
205 censure dramatique servit de transition pour parler de la politique. De lord Wellington• on passa aux chevaux anglais, et des chevaux anglais aux femmes par une liai-

---

1. *porter un toast* : boire à la santé, au succès de quelqu'un.
2. *botte* : terme d'escrime ; ici, attaque vive et imprévue.

son d'idées facile à saisir ; car, pour des jeunes gens, un
beau cheval d'abord et une jolie maîtresse ensuite sont
210 les deux objets les plus désirables.

Alors on discuta les moyens d'acquérir ces objets si
désirables. Les chevaux s'achètent, on achète aussi des
femmes ; mais de celles-là n'en parlons point... Saint-
Clair, après avoir modestement allégué son peu
215 d'expérience sur ce sujet délicat, conclut que la première condition pour plaire à une femme c'est de se
singulariser, d'être différent des autres. Mais y a-t-il une
formule générale de singularité ? Il ne le croyait pas.

« Si bien qu'à votre sentiment, dit Jules, un boiteux ou
20 un bossu sont plus en passe de plaire qu'un homme
droit et fait comme tout le monde ?

– Vous poussez les choses bien loin, répondit Saint-
Clair ; mais j'accepte, s'il le faut, toutes les conséquences
de ma proposition. Par exemple, si j'étais bossu, je ne me
25 brûlerais par la cervelle et je voudrais faire des conquêtes.
D'abord je ne m'adresserais qu'à deux sortes de femmes,
soit à celles qui ont une véritable sensibilité, soit aux
femmes, et le nombre en est grand, qui ont la prétention
d'avoir un caractère original, *eccentric,* comme on dit en
30 Angleterre. Aux premières je peindrais l'horreur de ma
position, la cruauté de la nature à mon égard. Je tâche-
rais de les apitoyer sur mon sort, je saurais leur faire
soupçonner que je suis capable d'un amour passionné.
Je tuerais en duel un de mes rivaux, et je m'empoi-
35 sonnerais avec une faible dose de laudanum[1]. Au bout de
quelques mois on ne verrait plus ma bosse, et alors ce
serait mon affaire d'épier le premier accès de sensibilité.
Quant aux femmes qui prétendent à l'originalité, la
conquête en est facile. Persuadez-leur seulement que
40 c'est une règle bien et dûment établie qu'un bossu ne
peut avoir de bonne fortune ; elles voudront aussitôt
donner le démenti à la règle générale.

– Quel don Juan ! s'écria Jules.

– Cassons-nous les jambes, messieurs, dit le colonel

---

1. *laudanum* : médicament à base d'opium.

245 Beaujeu, puisque nous avons le malheur de n'être pas nés bossus.

– Je suis tout à fait de l'avis de Saint-Clair, dit Hector Roquantin, qui n'avait pas plus de trois pieds et demi de haut ; on voit tous les jours les plus belles femmes et les 250 plus à la mode se rendre à des gens dont vous autres beaux garçons vous ne vous méfieriez jamais...

– Hector, levez-vous, je vous en prie, et sonnez pour qu'on nous apporte du vin, dit Thémines de l'air du monde le plus naturel. »

255 Le nain se leva, et chacun se rappela en souriant la fable du renard qui a la queue coupée[1].

« Pour moi, dit Thémines reprenant la conversation, plus je vis et plus je vois qu'une figure passable, et en même temps il jetait un coup d'œil complaisant sur 260 la glace qui lui était opposée, une figure passable et du goût dans la toilette sont la grande singularité qui séduit les plus cruelles ; et, d'une chiquenaude[2], il fit sauter une petite miette de pain qui s'était attachée au revers de son habit.

265 – Bah ! s'écria le nain, avec une jolie figure et un habit de Staub• on a des femmes que l'on garde huit jours et qui vous ennuient au second rendez-vous. Il faut autre chose pour se faire aimer, ce qui s'appelle aimer... il faut...

270 – Tenez, interrompit Thémines, voulez-vous un exemple concluant ? Vous avez tous connu Massigny, et vous savez quel homme c'était. Des manières comme un groom[3] anglais, de la conversation comme son cheval... Mais il était beau comme Adonis• et mettait sa cravate 275 comme Brummel•. Au total c'était l'être le plus ennuyeux que j'aie connu.

– Il a pensé me tuer d'ennui, dit le colonel Beaujeu. Figurez-vous que j'ai été obligé de faire deux cents lieues avec lui.

---

1. *le renard qui a la queue coupée* : thème d'une fable de La Fontaine (V, 5).
2. *chiquenaude* : petit coup donné par la détente brusque d'un doigt plié et raidi contre le pouce.
3. *groom* : jeune employé d'hôtel ou de restaurant.

280 – Savez-vous, demanda Saint-Clair, qu'il a causé la mort de ce pauvre Richard Thornton que vous avez tous connu?
– Mais, répondit Jules, ne savez-vous donc pas qu'il a été assassiné par les brigands auprès de Fondi• ?
285 – D'accord ; mais vous allez voir que Massigny a été au moins complice du crime. Plusieurs voyageurs, parmi lesquels se trouvait Thornton, avaient arrangé d'aller à Naples tous ensemble de peur des brigands. Massigny voulut se joindre à la caravane. Aussitôt que Thornton le
290 sut il prit les devants, d'effroi, je pense, d'avoir à passer quelques jours avec lui. Il partit seul, et vous savez le reste.
– Thornton avait raison, dit Thémines ; et de deux morts il choisit la plus douce. Chacun à sa place en eût
295 fait autant. » Puis, après une pause : « Vous m'accordez donc, reprit-il, que Massigny était l'homme le plus ennuyeux de la terre ?
– Accordé ! » s'écria-t-on par acclamation.
« Ne désespérons personne, dit Jules ; faisons une
300 exception en faveur de ***, surtout quand il développe ses plans politiques.
– Vous m'accorderez présentement, poursuivit Thémines, que madame de Coursy est une femme d'esprit s'il en fut. »
305 Il y eut un moment de silence, Saint-Clair baissait la tête et s'imaginait que tous les yeux étaient fixés sur lui.
« Qui en doute ? » dit-il enfin, toujours penché sur son assiette et paraissant observer avec beaucoup de curiosité les fleurs peintes sur la porcelaine.
10 « Je maintiens, dit Jules élevant la voix, je maintiens que c'est une des trois plus aimables femmes de Paris.
– J'ai connu son mari, dit le colonel. Il m'a souvent montré des lettres charmantes de sa femme.
– Auguste, interrompit Hector Roquantin, présentez-
15 moi donc à la comtesse. On dit que vous faites chez elle la pluie et le beau temps.
– À la fin de l'automne, murmura Saint-Clair, quand elle sera de retour à Paris... Je... je crois qu'elle ne reçoit pas à la campagne.
20 – Voulez-vous m'écouter ? » s'écria Thémines. Le

silence se rétablit. Saint-Clair s'agitait sur sa chaise comme un prévenu devant une cour d'assises.

«Vous n'avez pas vu la comtesse il y a trois ans, vous étiez alors en Allemagne, Saint-Clair, reprit Alphonse de
325 Thémines avec un sang-froid désespérant. Vous ne pouvez vous faire une idée de ce qu'elle était alors : belle, fraîche comme une rose, vive surtout, et gaie comme un papillon. Eh bien ! savez-vous, parmi ses nombreux adorateurs, lequel a été honoré de ses bontés ? Massigny ! Le
330 plus bête des hommes et le plus sot a tourné la tête de la plus spirituelle des femmes. Croyez-vous qu'un bossu aurait pu en faire autant ? Allez, croyez-moi, ayez une jolie figure, un bon tailleur, et soyez hardi.»

Saint-Clair était dans une position atroce. Il allait
335 donner un démenti formel au narrateur ; mais la peur de compromettre la comtesse le retint. Il aurait voulu pouvoir dire quelque chose en sa faveur ; mais sa langue était glacée. Ses lèvres tremblaient de fureur, et il cherchait en vain dans son esprit quelque moyen détourné
340 d'engager une querelle.

«Quoi ! s'écria Jules d'un air de surprise, madame de Coursy s'est donnée à Massigny ! *Frailty, thy name is woman*[1] !

– C'est une chose si peu importante que la réputation
345 d'une femme ! dit Saint-Clair d'un ton sec et méprisant. Il est bien permis de la mettre en pièces pour faire un peu d'esprit, et...»

Comme il parlait, il se rappela avec horreur un certain vase étrusque[2] qu'il avait vu cent fois sur la cheminée de
350 la comtesse à Paris. Il savait que c'était un présent de Massigny à son retour d'Italie ; et, circonstance accablante ! ce vase avait été apporté de Paris à la campagne. Et tous les soirs, en ôtant son bouquet, Mathilde le posait dans le vase étrusque.
355 La parole expira sur ses lèvres ; il ne vit plus qu'une

---

1. Frailty, thy name is woman : «Fragilité, ton nom est femme» (Shakespeare, *Hamlet*, I, 2).
2. *étrusque* : d'Étrurie, région de l'Italie ancienne, qui correspond à peu près à la Toscane.

chose, il ne pensa plus qu'à une chose : le vase étrusque !

La belle preuve ! dira un critique : soupçonner sa maîtresse pour si peu de chose ! « Avez-vous été amoureux,
360 monsieur le critique ? »

Thémines était en trop belle humeur pour s'offenser
du ton que Saint-Clair avait pris en lui parlant. Il répondit d'un air de légèreté et de bonhomie : « Je ne fais que
répéter ce que l'on a dit dans le monde. La chose passait
365 pour certaine quand vous étiez en Allemagne. Au reste je
connais assez peu madame de Coursy ; il y a dix-huit
mois que je ne suis allé chez elle. Il est possible qu'on se
soit trompé et que Massigny m'ait fait un conte. Pour en
revenir à ce qui nous occupe, quand l'exemple que je
370 viens de citer serait faux, je n'en aurais pas moins raison. Vous savez tous que la femme de France la plus
spirituelle, celle dont les ouvrages... »

La porte s'ouvrit, et Théodore Néville entra. Il revenait d'Égypte.

375 « Théodore ! sitôt de retour ! » Il fut accablé de questions.

« As-tu rapporté un véritable costume turc ? demanda
Thémines. As-tu un cheval arabe et un groom égyptien ?
— Quel homme est le pacha[1] ? dit Jules. Quand se
380 rend-il indépendant ? As-tu vu couper une tête d'un seul
coup de sabre ?

— Et les *Almées* ? dit Roquantin. Les femmes sont-elles
belles au Caire ?

— Avez-vous vu le général L** ? demanda le colonel
85 Beaujeu. Comment a-t-il organisé l'armée du pacha ?

— Le colonel C*** vous a-t-il donné un sabre pour moi ?

— Et les pyramides ? et les cataractes du Nil ? et la statue
de Memnon ? Ibrahim pacha ? etc., etc., etc. » Tous
parlaient à la fois ; Saint-Clair ne pensait qu'au vase
90 étrusque.

Théodore s'étant assis les jambes croisées, car il avait
pris cette habitude en Égypte et n'avait pu la perdre en

---

1. *pacha* : le pacha d'Égypte, Mohamed Ali (voir *Lexique*).

France, attendit que les questionneurs se fussent lassés, et parla comme il suit, assez vite pour n'être pas facile-
395 ment interrompu.

« Les pyramides ! d'honneur, c'est un *regular humbug*[1]. C'est bien moins haut qu'on ne croit. Le Munster[2] à Strasbourg n'a que quatre mètres de moins. Les anti-quités me sortent par les yeux. Ne m'en parlez pas. La
400 seule vue d'un hiéroglyphe[3] me ferait évanouir. Il y a tant de voyageurs qui s'occupent de ces choses-là ! Moi, mon but a été d'étudier la physionomie et les mœurs de toute cette population bizarre qui se presse dans les rues d'Alexandrie et du Caire, comme des Turcs, des
405 Bédouins•, des Coptes•, des Fellahs•, des Maghrebins. J'ai rédigé quelques notes à la hâte pendant que j'étais au lazaret[4]. Quelle infamie que ce lazaret ! J'espère que vous ne croyez pas à la contagion, vous autres ! Moi, j'ai fumé tranquillement ma pipe au milieu de trois cents
410 pestiférés. Ah ! colonel, vous verriez là une belle cavale-rie, bien montée. Je vous montrerai des armes superbes que j'ai rapportées. J'ai un djerid[5] qui a appartenu au fameux Mourad Bey•. Colonel, j'ai un yatagan[6] pour vous et un khandjar[7] pour Auguste. Vous verrez mon
415 *metchlâ*[8], mon *bournous*[9], mon *hhaïk*[10]. Savez-vous qu'il n'aurait tenu qu'à moi de rapporter des femmes ? Ibra-him pacha en a tant envoyé de Grèce qu'elles sont pour rien... Mais à cause de ma mère... J'ai beaucoup causé avec le pacha. C'est un homme d'esprit, parbleu ! sans
420 préjugés. Vous ne sauriez croire comme il entend bien

---

1. regular humbug : peut se traduire par « une vraie blague ».
2. *Munster* : cathédrale de Strasbourg, haute de 142 m.
3. *hiéroglyphe* : dessin stylisé, signe d'écriture de l'Égypte ancienne.
4. *lazaret* : établissement sanitaire où les voyageurs étaient mis en quarantaine. Autrefois, hôpital pour lépreux.
5. *djerid* : javelot en bois.
6. *yatagan* : sabre court et pointu.
7. *khandjar* : poignard à lame tranchante des deux côtés.
8. *metchlâ* : manteau.
9. *bournous* : vêtement de laine, sans manches et à capuchon porté par les Arabes.
10. *hhaïk* : pièce d'étoffe portée par les femmes musulmanes par-dessus leurs vêtements.

nos affaires. D'honneur, il est informé des plus petits
mystères de notre cabinet. J'ai puisé dans sa conversation des renseignements bien précieux sur l'état des partis en France... Il s'occupe beaucoup de statistique en ce
425 moment. Il est abonné à tous nos journaux. Savez-vous
qu'il est bonapartiste enragé ! Il ne parle que de Napoléon. Ah ! quel grand homme que *Bounabardo !* me
disait-il. Bounabardo, c'est ainsi qu'ils appellent Bonaparte.

430 « *Giourdina, c'est-à-dire Jourdain*[1], murmura tout bas
Thémines.

« D'abord, continua Théodore, Mohamed Ali• était
fort réservé avec moi. Vous savez que tous les Turcs sont
très méfiants. Il me prenait pour un espion, le diable
435 m'emporte ! ou pour un jésuite. – Il a les jésuites en
horreur. Mais au bout de quelques visites il a reconnu
que j'étais un voyageur sans préjugés, curieux de m'ins-
truire à fond des coutumes, des mœurs et de la politique
de l'Orient. Alors il s'est déboutonné et m'a parlé à
440 cœur ouvert. À ma dernière audience, c'était la troisième
qu'il m'accordait, je pris la liberté de lui dire : « Je ne
conçois pas pourquoi Ton Altesse ne se rend pas indépendante de la Porte•. – Mon Dieu ! me dit-il, je le voudrais bien ; mais je crains que les journaux libéraux, qui
445 gouvernent tout dans ton pays, ne me soutiennent pas
quand une fois j'aurai proclamé l'indépendance de
l'Égypte. » C'est un beau vieillard, belle barbe blanche,
ne riant jamais. Il m'a donné des confitures excellentes ;
mais de tout ce que je lui ai donné, ce qui lui a fait le
450 plus de plaisir, c'est la collection des costumes de la
garde impériale par Charlet•.
– Le pacha est-il romantique ? » demanda Thémines.
– « Il s'occupe peu de littérature ; mais vous n'ignorez
pas que la littérature arabe est toute romantique. Ils ont
455 un poète nommé Melek Ayatalnefous-Ebn-Esraf[2], qui a

---

1. Giourdina, c'est-à-dire Jourdain : réplique du *Bourgeois gentilhomme* de Molière
(V, 1).
2. *Melek Ayatalnefous-Ebn-Esraf* : nom probablement inventé par Mérimée.

publié dernièrement des *Méditations* auprès desquelles celles de Lamartine paraîtraient de la prose classique. À mon arrivée au Caire, j'ai pris un maître d'arabe, avec lequel je me suis mis à lire le *Coran*•. Bien que je n'aie
460 pris que peu de leçons, j'en ai assez vu pour comprendre les sublimes beautés du style du prophète, et combien sont mauvaises toutes nos traductions. Tenez, voulez-vous voir de l'écriture arabe ? Ce mot en lettres d'or, c'est *Allah,* c'est-à-dire Dieu. »
465   En parlant ainsi il montrait une lettre fort sale qu'il avait tirée d'une bourse de soie parfumée.

   « Combien de temps es-tu resté en Égypte ? » demanda Thémines.

   « Six semaines. »

Odalisque *par Delacroix. Musée Carnavalet.*

Questions

Deuxième partie : *Le déjeuner-dîner* (lignes 172 à 469).

Compréhension

1. *Sur quels sujets la conversation de ces jeunes mondains porte-t-elle ? Que cherchent-ils à savoir de Saint-Clair ?*

2. *La conversation est cruelle et cynique : relevez les mots d'esprit à l'égard du nain, de Massigny, de Thornton...*

3. *Comment Saint-Clair évite-t-il le «piège» du toast ?*

4. *Pourquoi cesse-t-il de défendre Mathilde ? Sur quel objet sa jalousie se cristallise-t-elle ?*

5. *Théodore Néville peut-il parler de l'Égypte en expert ?*

Écriture

6. *Le portrait que fait Thémines de Massigny et, un peu plus loin, de Mathilde, reposent sur des comparaisons• : relevez-les.*

7. *Quand Thémines commence à parler de Mathilde, par quelle comparaison expressive le malaise de Saint-Clair est-il traduit ?*

8. *Par quel procédé le narrateur• détourne-t-il le cours de la conversation ?*

9. *Une antithèse• oppose l'attitude de Saint-Clair à celle de ses amis qui écoutent Thémines. Relevez-la.*

10. *Dans le récit de Néville, relevez les termes appartenant au champ lexical• de l'Orient (noms propres animés, noms propres non animés, noms communs...).*

Bilan

L'action

• Ce que nous savons

Le lecteur est introduit par le narrateur dans un «déjeuner-dîner» de garçons, au cours duquel la conversation porte successivement sur l'Angleterre (qui est un modèle dans ce milieu), sur le théâtre, la politique, les chevaux et les femmes.

Les jeunes gens cherchent à savoir le nom de la maîtresse de Saint-Clair. En vain. Mais la conversation tombe sur un certain Massigny, alors disparu, qui aurait été l'amant de Mathilde... Un nouvel arrivant, de retour d'Égypte, interrompt la discussion.

• À quoi nous attendre?

Les révélations de Thémines sont cruelles pour Auguste, qui cependant les croit fondées. Sa passion va-t-elle survivre aux soupçons?

Les personnages

• Ce que nous savons

– Fidèle au portrait qui a été tracé de lui, Saint-Clair ne livre pas le nom de sa maîtresse. Apparemment impassible, il souffre tous les tourments de la jalousie, même rétrospectivement... Il est déçu de s'être trompé sur Mathilde («elle n'a jamais aimé avant moi», avait-il pensé). La preuve de cette «infidélité», il croit la voir dans le vase étrusque que lui avait offert Massigny.

– Outre Thémines, qui apparaît comme le meneur de jeu, et Jules Lambert, déjà présentés, interviennent ici Hector Roquentin, le «nain», et le colonel Beaujeu, puis Théodore Néville, qui connaît tout de l'Égypte après y avoir passé six semaines...

• À quoi nous attendre?

1. La déception de Saint-Clair est immense. Il a répondu à Thémines «d'un ton sec et méprisant», et Thémines ne s'est pas offensé. Cette petite altercation, interrompue par l'arrivée de Néville, aura-t-elle une suite?

2. Comment Auguste se comportera-t-il devant Mathilde? lui fera-t-il des reproches?

470   Et le voyageur continua de tout décrire, depuis le
cèdre jusqu'à l'hysope[1]. Saint-Clair sortit presque aussitôt après son arrivée, et reprit le chemin de sa maison de
campagne. Le galop impétueux de son cheval l'empêchait de suivre nettement ses idées. Mais il sentait
475 vaguement que son bonheur en ce monde était détruit à
jamais, et qu'il ne pouvait s'en prendre qu'à un mort et à
un vase étrusque.

    Arrivé chez lui, il se jeta sur le canapé où la veille il
avait si longuement et si délicieusement analysé son
480 bonheur. L'idée qu'il avait caressée le plus amoureuse-
ment, c'était que sa maîtresse n'était pas une femme
comme une autre, qu'elle n'avait aimé et ne pourrait
jamais aimer que lui. Maintenant ce beau rêve disparaissait devant la triste et cruelle réalité. «Je possède une
485 belle femme, et voilà tout. Elle a de l'esprit : elle en est
plus coupable ; elle a pu aimer Massigny !... Il est vrai
qu'elle m'aime maintenant... de toute son âme... comme
elle peut aimer. Être aimé comme Massigny l'a été !...
Elle s'est rendue à mes soins, à mes cajoleries, à mes
490 importunités. Mais je me suis trompé. Il n'y avait pas de
sympathie entre nos deux cœurs. Massigny ou moi, ce
lui est tout un. Il est beau, elle l'aime pour sa beauté.
J'amuse quelquefois madame. Eh bien ! aimons Saint-
Clair, s'est-elle dit, puisque l'autre est mort ! Et si Saint-
495 Clair meurt ou m'ennuie, nous verrons. »

    Je crois fermement que le diable est aux écoutes, invi-
sible auprès d'un malheureux qui se torture ainsi lui-
même. Le spectacle est amusant pour l'ennemi des
hommes ; et quand la victime sent ses blessures se fer-
500 mer, le diable est là pour les rouvrir.

    Saint-Clair crut entendre une voix qui murmurait à
ses oreilles :

L'honneur singulier
D'être le successeur...

505   Il se leva sur son séant et jeta un coup d'œil farouche

---

1. *depuis le cèdre jusqu'à l'hysope* : c'est-à-dire «du plus grand au plus petit».

autour de lui. Qu'il eût été heureux de trouver quelqu'un dans sa chambre ! Sans doute il l'eût déchiré.

La pendule sonna huit heures. À huit heures et demie, la comtesse l'attend. – S'il manquait au rendez-vous !
510 « Au fait, pourquoi revoir la maîtresse de Massigny ? » Il se recoucha sur son canapé et ferma les yeux. « Je veux dormir », dit-il. Il resta immobile une demi-minute, puis sauta en pieds et courut à la pendule pour voir le progrès du temps. « Que je voudrais qu'il fût huit heures et
515 demie ! pensa-t-il. Alors il serait trop tard pour me mettre en route. » Dans son cœur il ne se sentait pas le courage de rester chez lui ; il voulait avoir un prétexte. Il aurait voulu être bien malade. Il se promena dans la chambre, puis s'assit, prit un livre, et ne put lire une
520 syllabe. Il se plaça devant son piano, et n'eut pas la force de l'ouvrir. Il siffla, il regarda les nuages et voulut compter les peupliers devant ses fenêtres. Enfin il retourna consulter la pendule, et vit qu'il n'avait pu parvenir à passer trois minutes. « Je ne puis m'empêcher de
525 l'aimer, s'écria-t-il en grinçant les dents et frappant du pied, elle me domine, et je suis son esclave, comme Massigny l'a été avant moi ! Eh bien, misérable, obéis, puisque tu n'as pas assez de cœur pour briser une chaîne que tu hais ! » Il prit son chapeau et sortit précipitam-
530 ment.

Quand une passion nous emporte, nous éprouvons quelque consolation d'amour-propre à contempler notre faiblesse du haut de notre orgueil. – Il est vrai que je suis faible, se dit-on, mais si je voulais !

535 Il montait à pas lents le sentier qui conduisait à la porte du parc, et de loin il voyait une figure blanche qui se détachait sur la teinte foncée des arbres. De sa main, elle agitait un mouchoir comme pour lui faire signe. Son cœur battait avec violence, ses genoux tremblaient ; il
540 n'avait pas la force de parler, et il était devenu si timide qu'il craignait que la comtesse ne lût sa mauvaise humeur sur sa physionomie.

Il prit la main qu'elle lui tendait, lui baisa le front, parce qu'elle se jeta sur son sein, et il la suivit jusque
545 dans son appartement, muet, et étouffant avec peine des soupirs qui semblaient devoir faire éclater sa poitrine.

Une seule bougie éclairait le boudoir de la comtesse. Tous deux s'assirent. Saint-Clair remarqua la coiffure de son amie ; une seule rose dans ses cheveux. La veille il lui
550 avait apporté une belle gravure anglaise, la duchesse de Portland d'après Leslie• (elle est coiffée de cette manière), et Saint-Clair n'avait dit que ces mots : « J'aime mieux cette rose toute simple que vos coiffures compliquées. » Il n'aimait pas les bijoux, et il pensait comme ce
555 lord qui disait brutalement : « À femmes parées, à chevaux caparaçonnés[1], le diable ne connaîtrait rien. » La nuit dernière, en jouant avec un collier de perles de la comtesse (car, en parlant, il fallait toujours qu'il eût quelque chose entre les mains), il avait dit : « Les bijoux ne
560 sont bons que pour cacher des défauts. Vous êtes trop jolie, Mathilde, pour en porter. » Ce soir, la comtesse, qui retenait jusqu'à ses paroles les plus indifférentes, avait ôté bagues, colliers, boucles d'oreilles et bracelets. – Dans la toilette d'une femme il remarquait, avant tout, la
65 chaussure, et, comme bien d'autres, il avait ses manies sur ce chapitre. Une grosse averse était tombée avant le coucher du soleil. L'herbe était encore toute mouillée ; cependant la comtesse avait marché sur le gazon humide avec des bas de soie et des souliers de satin noir... Si elle
70 allait être malade ?

« Elle m'aime », se dit Saint-Clair, et il soupira sur lui-même et sur sa folie, et il regardait Mathilde en souriant malgré lui, partagé entre sa mauvaise humeur et le plaisir de voir une jolie femme qui cherchait à lui plaire
75 par tous ces petits riens qui ont tant de prix pour des amants.

Pour la comtesse, sa physionomie radieuse exprimait un mélange d'amour et de malice enjouée qui la rendait encore plus aimable. Elle prit quelque chose dans un
80 coffre en laque du Japon, et, présentant sa petite main fermée et cachant l'objet qu'elle tenait : « L'autre .soir, dit-elle, j'ai cassé votre montre. La voici raccommodée. » Elle lui remit la montre, et le regardait d'un air à la fois

---

1. *caparaçonnés* : couverts de *caparaçons,* housses d'ornement.

tendre et espiègle, en se mordant la lèvre inférieure,
585 comme pour s'empêcher de rire. Vive Dieu! que ses
dents étaient belles! comme elles brillaient blanches
sur le rose ardent de ses lèvres! (Un homme a l'air bien
sot quand il reçoit froidement les cajoleries d'une jolie
femme.)
590 Saint-Clair la remercia, prit la montre et allait la
mettre dans sa poche : «Regardez donc, continua-t-elle,
ouvrez-la, et voyez si elle est bien raccommodée. Vous
qui êtes si savant, vous qui avez été à l'École polytech-
nique, vous devez voir cela. – Oh! je m'y connais fort
595 peu», dit Saint-Clair; et il ouvrit la boîte de la montre
d'un air distrait. Quelle fut sa surprise! le portrait en
miniature de madame de Coursy était peint sur le fond
de la boîte. Le moyen de bouder encore? Son front
s'éclaircit; il ne pensa plus à Massigny; il se souvint
600 seulement qu'il était auprès d'une femme charmante, et
que cette femme l'adorait.

. . . .

L'alouette, cette messagère de l'aurore, commençait à
chanter, et de longues bandes de lumière pâle sillon-
naient les nuages à l'orient. C'est alors que Roméo dit
605 adieu à Juliette; c'est l'heure classique où tous les
amants doivent se séparer.
Saint-Clair était debout devant une cheminée, la clef
du parc à la main, les yeux attentivement fixés sur le
vase étrusque dont nous avons déjà parlé. Il lui gardait
610 encore rancune au fond de son âme. Cependant il était
en belle humeur, et l'idée bien simple que Thémines
avait pu mentir commençait à se présenter à son esprit.
Pendant que la comtesse, qui voulait le reconduire jusqu'à la porte du parc, s'enveloppait la tête d'un châle,
615 il frappait doucement de sa clef le vase odieux, augmentant progressivement la force de ses coups, de
manière à faire croire qu'il allait bientôt le faire voler
en éclats.
«Ah! Dieu! prenez garde! s'écria Mathilde; vous allez
620 casser mon beau vase étrusque!» Et elle lui arracha la
clef des mains.
Saint-Clair était très mécontent, mais il était résigné.
Il tourna le dos à la cheminée pour ne pas succomber à

102

la tentation, et, ouvrant sa montre, il se mit à considérer
le portrait qu'il venait de recevoir.

«Quel est le peintre?» demanda-t-il.

«Monsieur R... Tenez, c'est Massigny qui me l'a fait
connaître. Massigny, depuis son voyage à Rome, avait
découvert qu'il avait un goût exquis pour les beaux-arts,
et s'était fait le Mécène• de tous les jeunes artistes.
Vraiment, je trouve que ce portrait me ressemble,
quoique un peu flatté.»

Saint-Clair avait envie de jeter la montre contre la
muraille, ce qui l'aurait rendue bien difficile à rac-
commoder. Il se contint pourtant et la remit dans sa
poche; puis, remarquant qu'il était déjà jour, il sortit de
la maison, supplia Mathilde de ne pas l'accompagner,
traversa le parc à grands pas, et dans un moment il fut
seul dans la campagne.

«Massigny, Massigny! s'écriait-il avec une rage
concentrée, te retrouverai-je donc toujours!... Sans
doute, le peintre qui a fait ce portrait en a peint un autre
pour Massigny!... Imbécile que j'étais! J'ai pu croire un
instant que j'étais aimé d'un amour égal au mien... et
cela parce qu'elle se coiffe avec une rose et qu'elle ne
porte pas de bijoux!... elle en a plein un secrétaire...
Massigny, qui ne regardait que la toilette des femmes,
aimait tant les bijoux!... Oui, elle a un bon caractère, il
faut en convenir. Elle sait se conformer aux goûts de ses
amants. Morbleu! j'aimerais mieux cent fois qu'elle fût
une courtisane et qu'elle se fût donnée pour de l'argent.
Au moins pourrais-je croire qu'elle m'aime, puisqu'elle
est ma maîtresse et que je ne la paye pas.»

Bientôt une autre idée encore plus affligeante vint
s'offrir à son esprit. Dans quelques semaines le deuil de
la comtesse allait finir. Saint-Clair devait l'épouser aussitôt que l'année de son veuvage serait révolue. Il l'avait
promis. Promis? Non. Jamais il n'en avait parlé. Mais
telle avait été son intention, et la comtesse l'avait
comprise. Pour lui, cela valait un serment. La veille, il
aurait donné un trône pour hâter le moment où il pourrait avouer publiquement son amour; maintenant il fré-
missait à la seule idée de lier son sort à l'ancienne maîtresse de Massigny. «Et pourtant JE LE DOIS! se disait-il,

665 et cela sera. Elle a cru sans doute, pauvre femme, que je connaissais son intrigue passée. Ils disent que la chose a été publique. Et puis, d'ailleurs, elle ne me connaît pas... Elle ne peut me comprendre. Elle pense que je ne l'aime que comme Massigny l'aimait. » Alors il se dit non sans

670 orgueil : « Trois mois elle m'a rendu le plus heureux des hommes. Ce bonheur vaut bien le sacrifice de ma vie entière. »

Il ne se coucha pas, et se promena à cheval dans les bois pendant toute la matinée. Dans une allée du bois de

675 Verrières*, il vit un homme monté sur un beau cheval anglais, qui de très loin l'appela par son nom et l'accosta sur-le-champ. C'était Alphonse de Thémines. Dans la situation d'esprit où se trouvait Saint-Clair, la solitude est particulièrement agréable : aussi la rencontre de

680 Thémines changea-t-elle sa mauvaise humeur en une colère étouffée. Thémines ne s'en apercevait pas, ou bien se faisait un malin plaisir de le contrarier. Il parlait, il riait, il plaisantait sans s'apercevoir qu'on ne lui répondait pas. Saint-Clair voyant une allée étroite y fit

685 entrer son cheval aussitôt, espérant que le fâcheux ne l'y suivrait pas ; mais il se trompait ; un fâcheux ne lâche pas facilement sa proie. Thémines tourna bride et doubla le pas pour se mettre en ligne avec Saint-Clair et continuer la conversation plus commodément.

690 J'ai dit que l'allée était étroite. À toute peine les deux chevaux pouvaient y marcher de front ; aussi n'est-il pas extraordinaire que Thémines, bien que très bon cavalier, effleurât le pied de Saint-Clair en passant à côté de lui. Celui-ci, dont la colère était arrivée à son dernier

695 période[1], ne put se contraindre plus longtemps. Il se leva sur ses étriers et frappa fortement de sa badine le nez du cheval de Thémines.

« Que diable avez-vous, Auguste ? s'écria Thémines. Pourquoi battez-vous mon cheval ?

700 – Pourquoi me suivez-vous ? » répondit Saint-Clair d'une voix terrible.

---

1. *à son dernier période* : à son plus haut degré.

«Perdez-vous le sens, Saint-Clair? Oubliez-vous que vous me parlez?

– Je sais bien que je parle à un fat[1].

– Saint-Clair!... vous êtes fou, je pense... Écoutez: demain vous me ferez des excuses, ou bien vous me rendrez raison de votre impertinence.

– À demain donc, monsieur.»

Thémines arrêta son cheval; Saint-Clair poussa le sien; bientôt il disparut dans le bois.

Dans ce moment il se sentit plus calme. Il avait la faiblesse de croire aux pressentiments. Il pensait qu'il serait tué le lendemain, et alors c'était un dénouement tout trouvé à sa position. Encore un jour à passer; demain plus d'inquiétudes, plus de tourments. Il rentra chez lui, envoya son domestique avec un billet au colonel Beaujeu, écrivit quelques lettres, puis il dîna de bon appétit, et fut exact à se trouver à huit heures et demie à la petite porte du parc.

. . . .

«Qu'avez-vous donc aujourd'hui, Auguste? dit la comtesse. Vous êtes d'une gaieté étrange, et pourtant vous ne pouvez me faire rire avec toutes vos plaisanteries. Hier vous étiez tant soit peu maussade, et moi j'étais si gaie! Aujourd'hui, nous avons changé de rôle. – Moi, j'ai un mal de tête affreux.

– Belle amie, je l'avoue, oui, j'étais bien ennuyeux hier. Mais aujourd'hui je me suis promené, j'ai fait de l'exercice; je me porte à ravir.

– Pour moi, je me suis levée tard, j'ai dormi longtemps ce matin, et j'ai fait des rêves fatigants.

– Ah! des rêves? Croyez-vous aux rêves?

– Quelle folie!

– Moi, j'y crois. Je parie que vous avez fait un rêve qui annonce quelque événement tragique.

– Mon Dieu, jamais je ne me souviens de mes rêves. Pourtant, je me rappelle... dans mon rêve j'ai vu Mas-

---

1. *fat*: sot, vaniteux.

signy ; ainsi vous voyez que ce n'était rien de bien amusant.

— Massigny ! j'aurais cru, au contraire, que vous auriez
740 beaucoup de plaisir à le revoir ?

— Pauvre Massigny !

— Pauvre Massigny ?

— Auguste, dites-moi, je vous en prie, ce que vous avez ce soir. Il y a dans votre sourire quelque chose de diabo-
745 lique. Vous avez l'air de vous moquer de vous-même.

— Ah ! voilà que vous me traitez aussi mal que me traitent les vieilles douairières[1], vos amies.

— Oui, Auguste, vous avez aujourd'hui la figure que vous avez avec les gens que vous n'aimez pas.

750 — Méchante ! allons, donnez-moi votre main. » Il lui baisa la main avec une galanterie ironique, et ils se regardèrent fixement pendant une minute. Saint-Clair baissa les yeux le premier et s'écria : « Qu'il est difficile de vivre en ce monde sans passer pour méchant ! Il fau-
755 drait ne jamais parler d'autre chose que du temps ou de la chasse, ou bien discuter avec vos vieilles amies le budget de leurs comités de bienfaisance. »

Il prit un papier sur une table : « Tenez, voici le mémoire de votre blanchisseuse de fin. Causons là-des-
760 sus, mon ange ; comme cela, vous ne direz pas que je suis méchant.

— En vérité, Auguste, vous m'étonnez...

— Cette orthographe me fait penser à une lettre que j'ai trouvée ce matin. Il faut vous dire que j'ai rangé mes
765 papiers, car j'ai de l'ordre de temps en temps. Or donc, j'ai retrouvé une lettre d'amour que m'écrivait une couturière dont j'étais amoureux quand j'avais seize ans. Elle a une manière à elle d'écrire chaque mot, et toujours la plus compliquée. Son style est digne de son
770 orthographe. Eh bien ! comme j'étais alors tant soit peu fat, je trouvai indigne de moi d'avoir une maîtresse qui n'écrivît pas comme Sévigné•. Je la quittai brusquement.

---

1. *douairières* : veuves de bonne famille qui jouissent d'un douaire, c'est-à-dire de biens laissés par leurs maris.

Aujourd'hui, en relisant cette lettre, j'ai reconnu que cette couturière devait avoir un amour véritable pour moi.

— Bon! une femme que vous entreteniez?...

— Très magnifiquement : à cinquante francs par mois. Mais mon tuteur ne me faisait pas une pension trop forte, car il disait qu'un jeune homme qui a de l'argent se perd et perd les autres.

— Et cette femme, qu'est-elle devenue?

— Que sais-je?... Probablement elle est morte à l'hôpital.

— Auguste... si cela était vrai, vous n'auriez pas cet air insouciant.

— S'il faut dire la vérité, elle s'est mariée à un *honnête homme*; et quand on m'a émancipé[1], je lui ai donné une petite dot[2].

— Que vous êtes bon!... Mais pourquoi voulez-vous paraître méchant?

— Oh! je suis très bon... Plus j'y songe, plus je me persuade que cette femme m'aimait réellement... Mais alors je ne savais pas distinguer un sentiment vrai sous une forme ridicule.

— Vous auriez dû m'apporter votre lettre. Je n'aurais pas été jalouse... Nous autres femmes nous avons plus de tact que vous, et nous voyons tout de suite au style d'une lettre si l'auteur est de bonne foi, ou s'il feint une passion qu'il n'éprouve pas.

— Et cependant combien de fois vous laissez-vous attraper par des sots ou des fats!»

En parlant il regardait le vase étrusque, et il y avait dans ses yeux et dans sa voix une expression sinistre que Mathilde ne remarqua point.

«Allons donc! vous autres hommes, vous voulez tous passer pour des don Juan. Vous vous imaginez que vous faites des dupes, tandis que souvent vous ne trouvez que des *dona Juana,* encore plus rouées que vous.

---

1. *émancipé* : libéré, mis hors de tutelle.
2. *dot* : biens qu'apporte une femme en se mariant.

– Je conçois qu'avec votre esprit supérieur, mesdames,
810 vous sentez un sot d'une lieue. Aussi je ne doute pas que
notre ami Massigny, qui était sot et fat, ne soit mort
vierge et martyr...

– Massigny ? Mais il n'était pas trop sot ; et puis il y a
des femmes sottes. Il faut que je vous conte une histoire
815 sur Massigny... Mais ne vous l'ai-je pas déjà contée,
dites-moi ?

– Jamais, répondit Saint-Clair d'une voix tremblante.

– Massigny, à son retour d'Italie, devint amoureux de
moi. Mon mari le connaissait ; il me le présenta comme
820 un homme d'esprit et de goût. Ils étaient faits l'un pour
l'autre. Massigny fut d'abord très assidu ; il me donnait comme de lui des aquarelles qu'il achetait chez
Schrot•, et me parlait musique et peinture avec un ton
de supériorité tout à fait divertissant. Un jour il m'en-
825 voya une lettre incroyable. Il me disait, entre autres
choses, que j'étais la plus honnête femme de Paris ; c'est
pourquoi il voulait être mon amant. Je montrai la lettre à
ma cousine Julie. Nous étions deux folles alors, et nous
résolûmes de lui jouer un tour. Un soir, nous avions
830 quelques visites, entre autres Massigny. Ma cousine
me dit : « Je vais vous lire une déclaration d'amour que
j'ai reçue ce matin. » Elle prend la lettre et la lit au
milieu des éclats de rire... Le pauvre Massigny !... »

Saint-Clair tomba à genoux en poussant un cri de joie.
835 Il saisit la main de la comtesse, et la couvrit de baisers et
de larmes. Mathilde était dans la dernière surprise, et
crut d'abord qu'il se trouvait mal. Saint-Clair ne pouvait
dire que ces mots : « Pardonnez-moi ! pardonnez-moi ! »
Enfin il se releva. Il était radieux. Dans ce moment, il
840 était plus heureux que le jour où Mathilde lui dit pour la
première fois : Je vous aime.

« Je suis le plus fou et le plus coupable des hommes,
s'écria-t-il ; depuis deux jours je te soupçonnais... et je
n'ai pas cherché une explication avec toi...

845 – Tu me soupçonnais !... Et de quoi ?

– Oh ! je suis un misérable !... On m'a dit que tu avais
aimé Massigny, et...

– Massigny ! » et elle se mit à rire ; puis, reprenant aussitôt son sérieux : « Auguste, dit-elle, pouvez-vous être

assez fou pour avoir de pareils soupçons, et assez hypocrite pour me les cacher!» Une larme roulait dans ses
yeux.

«Je t'en supplie, pardonne-moi.

– Comment ne te pardonnerais-je pas, cher ami?...
Mais d'abord laisse-moi te jurer...

– Oh! je te crois, je te crois, ne me dis rien.

– Mais, au nom du ciel, quel motif a pu te faire soupçonner une chose aussi improbable?

– Rien, rien au monde que ma maudite tête... et...
vois-tu, ce vase étrusque, je savais qu'il t'avait été donné
par Massigny...»

La comtesse joignit les mains d'un air d'étonnement,
puis elle s'écria, en riant aux éclats : «Mon vase
étrusque! mon vase étrusque!»

Saint-Clair ne put s'empêcher de rire lui-même, et
cependant de grosses larmes roulaient le long de ses
joues. Il saisit Mathilde dans ses bras, et lui dit : «Je ne
te lâche pas que tu ne m'aies pardonné.

– Oui, je te pardonne, fou que tu es, dit-elle en l'embrassant tendrement. Tu me rends bien heureuse
aujourd'hui; voici la première fois que je te vois pleurer,
et je croyais que tu ne me pleurais pas.»

Puis se dégageant de ses bras elle saisit le vase
étrusque et le brisa en mille pièces sur le plancher.
(C'était une pièce rare et inédite. On y voyait peint, avec
trois couleurs, le combat d'un Lapithe• contre un Cen-
taure.)

Saint-Clair fut, pendant quelques heures, le plus honteux et le plus heureux des hommes.

. . . .

«Eh bien! dit Roquantin au colonel Beaujeu qu'il rencontra le soir chez Tortoni•, la nouvelle est-elle vraie?

– Trop vraie, mon cher», répondit le colonel d'un air
triste.

– Contez-moi donc comment cela s'est passé.

– Oh! fort bien. Saint-Clair a commencé par me dire
qu'il avait tort, mais qu'il voulait essuyer le feu de Thémines avant de lui faire des excuses. Je ne pouvais que
l'approuver. Thémines voulait que le sort décidât lequel
tirerait le premier. Saint-Clair a exigé que ce fût Thé-

890 mines. Thémines a tiré ; j'ai vu Saint-Clair tourner une
fois sur lui-même, et il est tombé roide mort. J'ai déjà
remarqué dans bien des soldats frappés de coups de feu
ce tournoiement étrange qui précède la mort.

– C'est fort extraordinaire, dit Roquantin. Et Thémines,
895 qu'a-t-il fait ?

– Oh ! ce qu'il faut faire en pareille occasion. Il a jeté
son pistolet à terre d'un air de regret. Il l'a jeté si fort
qu'il en a cassé le chien. C'est un pistolet anglais de
Manton• ; je ne sais s'il pourra trouver à Paris un arque-
900 busier[1] qui soit capable de lui en refaire un. »

La comtesse fut trois ans entiers sans voir personne ;
hiver comme été, elle demeurait dans sa maison de campagne, sortant à peine de sa chambre, et servie par une
mulâtresse[2] qui connaissait sa liaison avec Saint-Clair, et
905 à laquelle elle ne disait pas deux mots par jour. Au bout
de trois ans sa cousine Julie revint d'un long voyage ; elle
força la porte et trouva la pauvre Mathilde si maigre et si
pâle qu'elle crut voir le cadavre de cette femme qu'elle
avait laissée belle et pleine de vie. Elle parvint avec
910 peine à la tirer de sa retraite, et à l'emmener à Hyères•.
La comtesse y languit encore trois ou quatre mois, puis
elle mourut d'une maladie de poitrine causée par des
chagrins domestiques, comme dit le docteur M... qui lui
donna des soins.

1. *arquebusier* : fabricant d'armes à feu.
2. *mulâtresse* : (n. f.) personne née d'un père blanc et d'une mère noire (ou inversement).

Troisième partie : *Jalousie de Saint-Clair et dénouement* **(lignes 470 à 914).**

Compréhension

1. *Dans sa méditation douloureuse, antithétique de la précédente, par quelle pensée le héros est-il obsédé maintenant ?*

2. *Par quels « petits riens » Mathilde a-t-elle voulu lui plaire ?*

3. *Dans quelle mesure l'évocation de son rival ramène-t-elle Saint-Clair à ses pensées de la veille ?*

4. *Pourquoi est-il furieux de rencontrer Thémines ? Pour quelle raison le duel aura-t-il lieu ? Comment jugez-vous Saint-Clair ?*

5. *« Pauvre Massigny ! » dit Mathilde. Justifiez l'épithète d'après ce qui suit.*

6. *Quel est le geste de Mathilde qui met fin, symboliquement, à la jalousie de son amant ?*

7. *Approuvez-vous l'entêtement de Saint-Clair à ne pas présenter ses excuses à Thémines ?*

8. *Qu'y a-t-il de fatal dans sa mort ? Ses amis sont-ils affectés ?*

9. *La fin romantique de Mathilde de Coursy : son amour était-il sincère ?*

Écriture / Réécriture

10. *Mathilde est appelée par Saint-Clair « la plus belle des femmes ». Quand il se croit trahi, par quelle autre périphrase• la désigne-t-il ?*

11. *Au dénouement se produisent deux ellipses•, matérialisées par une ligne de points. Combien de temps durent-elles ?*

12. *Réécrivez la fin du récit à partir de « [...] la nouvelle est-elle vraie ? », en supposant que Saint-Clair ait présenté ses excuses à Thémines.*

Bilan

L'action

La fatalité a joué un assez grand rôle dans cette nouvelle : c'est au
moment où Saint-Clair est « le plus heureux des hommes » qu'il est
tué dans un duel. Ses soupçons à l'égard de Mathilde (en quoi
d'ailleurs pouvait-elle être coupable d'avoir aimé quelqu'un avant
lui ?), ont été balayés. Mais la veille, il avait provoqué Thémines en
duel, pour une peccadille... L'impression qui se dégage du récit,
c'est que Saint-Clair est mort pour rien.

Les personnages

– Saint-Clair, sensible et aimant, pleure de joie en apprenant que
ses soupçons n'étaient pas fondés. S'il meurt c'est de sa faute :
fier, il a refusé de faire à son adversaire des excuses avant la
première balle ; généreux, il l'a laissé tirer le premier. Peu expan-
sif, il ne s'était confié à aucun ami qui aurait pu s'interposer en
expliquant à son adversaire les raisons de la provocation (l'eût-il
accepté d'ailleurs ?).
– Mathilde, aimante, enjouée, faussement accusée, n'a pas sur-
vécu longtemps à son amant.
– Thémines s'est montré intransigeant et impitoyable.
– Beaujeu qui raconte le duel à Roquentin, ne s'apitoie guère sur le
sort de Saint-Clair.

Les personnages se sont montrés fidèles à l'image que le narrateur
nous avait donnée d'eux. Quel jugement peut-on porter :

1. sur l'amitié qui les liait ?

2. sur leur facilité à faire ou défaire une réputation ?

3. sur leur conception de l'honneur ?

LA PARTIE DE TRICTRAC
1830

Les voiles sans mouvement pendaient collées contre
les mâts ; la mer était unie comme une glace ; la chaleur
était étouffante, le calme désespérant.

Dans un voyage sur mer, les ressources d'amusement
que peuvent offrir les hôtes d'un vaisseau sont bientôt
épuisées. On se connaît trop bien, hélas ! lorsqu'on a
passé quatre mois ensemble dans une maison de bois
longue de cent vingt pieds[1]. Quand vous voyez venir le
premier lieutenant, vous savez d'abord qu'il vous parlera
de Rio de Janeiro, d'où il vient ; puis du fameux pont
d'Essling•, qu'il a vu faire par les marins de la garde, dont
il faisait partie. Au bout de quinze jours, vous connaissez
jusqu'aux expressions qu'il affectionne, jusqu'à la ponctuation de ses phrases, aux différentes intonations de sa
voix. Quand jamais a-t-il manqué de s'arrêter tristement
après avoir prononcé pour la première fois dans son
récit ce mot, *l'empereur*... « Si vous l'aviez vu alors !!! »
(trois points d'admiration) ajoute-t-il invariablement. Et
l'épisode du cheval du trompette, et le boulet qui
ricoche et qui emporte une giberne[2] où il y avait, pour
sept mille cinq cents francs en or et en bijoux, etc., etc. !
– Le second lieutenant est un grand politique ; il commente tous les jours le dernier numéro du *Constitutionnel*[3], qu'il a emporté de Brest ; ou, s'il quitte les sublimi-
tés de la politique pour descendre à la littérature, il vous
régalera de l'analyse du dernier vaudeville[4] qu'il a vu

---

1. *pieds* : un pied mesure environ 32 cm.
2. *giberne* : ancienne boîte à cartouches des soldats.
3. Constitutionnel : journal libéral sous la Restauration.
4. *vaudeville* : comédie légère.

jouer. Grand Dieu !... Le commissaire de marine[1] possédait une histoire bien intéressante. Comme il nous
enchanta la première fois qu'il nous raconta son évasion
30 du ponton[2] de Cadix ! mais à la vingtième répétition, ma
foi, l'on n'y pouvait plus tenir... – Et les enseignes[3], et
les aspirants[4] !... Le souvenir de leurs conversations me
fait dresser les cheveux à la tête. Quant au capitaine,
généralement c'est le moins ennuyeux du bord. En sa
35 qualité de commandant despotique[5], il se trouve en état
d'hostilité secrète contre tout l'état-major ; il vexe, il
opprime quelquefois, mais il y a un certain plaisir à pes-
ter contre lui. S'il a quelque manie fâcheuse pour ses
subordonnés, on a le plaisir de voir son supérieur ridi-
40 cule, et cela console un peu.
    À bord du vaisseau sur lequel j'étais embarqué, les
officiers étaient les meilleures gens du monde, tous bons
diables, s'aimant comme des frères, mais s'ennuyant à
qui mieux mieux. Le capitaine était le plus doux des
45 hommes, point tracassier (ce qui est une rareté). C'était
toujours à regret qu'il faisait sentir son autorité dictato-
riale. Pourtant, que le voyage me parut long ! surtout ce
calme qui nous prit quelques jours seulement avant de
voir la terre !...
50 Un jour, après le dîner, que le désœuvrement nous
avait fait prolonger aussi longtemps qu'il était humaine-
ment possible, nous étions tous rassemblés sur le pont,
attendant le spectacle monotone mais toujours majes-
tueux d'un coucher de soleil en mer. Les uns fumaient,
55 d'autres relisaient pour la vingtième fois un des trente
volumes de notre triste bibliothèque ; tous bâillaient à
pleurer. Un enseigne assis à côté de moi s'amusait, avec
toute la gravité digne d'une occupation sérieuse, à laisser

---

1. *commissaire de marine* : officier chargé de l'intendance.
2. *ponton* : vieux vaisseau désarmé servant de prison. Après la défaite de Bailen en
1808 de nombreux Français y séjournèrent, dans la rade de Cadix.
3. *enseignes* : premier grade des officiers subalternes dans la marine.
4. *aspirants* : élèves de 2e année de l'École navale.
5. *despotique* : tyrannique.

tomber, la pointe en bas, sur les planches du tillac[1], le
60 poignard que les officiers de marine portent ordinairement en petite tenue. C'est un amusement comme un
autre, et qui exige de l'adresse pour que la pointe se
pique bien perpendiculairement dans le bois. Désirant
faire comme l'enseigne, et n'ayant point de poignard à
65 moi, je voulus emprunter celui du capitaine, mais il me
refusa. Il tenait singulièrement à cette arme, et même il
aurait été fâché de la voir servir à un amusement aussi
futile. Autrefois ce poignard avait appartenu à un brave
officier mort malheureusement dans la dernière guerre...
70 Je devinais qu'une histoire allait suivre, je ne me trom-
pais pas. Le capitaine commença sans se faire prier;
quant aux officiers qui nous entouraient, comme chacun
d'eux connaissait par cœur les infortunes du lieutenant
Roger, ils firent aussitôt une retraite prudente. Voici à
75 peu près quel fut le récit du capitaine :

---

1. *tillac* : cf. note n° 2 p. 60.

Questions

Première partie : *Introduction au récit principal* (lignes 1 à 75).

Compréhension

1. *Quel est le sentiment dominant chez le narrateur* ?*
2. *Énumérez les différentes personnalités du bord avec leurs manies.*

Écriture

3. *Relevez les termes et expressions qui évoquent l'ennui, la répétition... Quel est le temps le plus employé ?*

Mise en images

Si vous aviez à filmer le début de cette nouvelle, et donc à exprimer visuellement l'ennui qui règne à bord, quels plans* choisiriez-vous ? Quelles notations du récit utiliseriez-vous ?

Joueurs. *Lithographie anonyme, vers 1830.*

« Roger, quand je le connus, était plus âgé que moi de trois ans ; il était lieutenant ; moi, j'étais enseigne. Je vous assure que c'était un des meilleurs officiers de notre corps ; d'ailleurs un cœur excellent, de l'esprit, de l'instruction, des talents, en un mot un jeune homme charmant. Il était malheureusement un peu fier et susceptible ; ce qui tenait, je crois, à ce qu'il était enfant naturel[1], et qu'il craignait que sa naissance ne lui fit perdre de la considération dans le monde ; mais, pour dire la vérité, de tous ses défauts le plus grand c'était un désir violent et continuel de primer[2] partout où il se trouvait. Son père, qu'il n'avait jamais vu, lui faisait une pension qui aurait été bien plus que suffisante pour ses besoins, si Roger n'eût pas été la générosité même. Tout ce qu'il avait était à ses amis. Quand il venait de toucher son trimestre, c'était à qui irait le voir avec une figure triste et soucieuse : "Eh bien ! camarade, qu'as-tu ? demandait-il ; tu m'as l'air de ne pouvoir pas faire grand bruit en frappant sur tes poches ; allons, voici ma bourse, prends ce qu'il te faut, et viens-t'en dîner avec moi."

Il vint à Brest une jeune actrice fort jolie, nommée Gabrielle, qui ne tarda pas à faire des conquêtes parmi les marins et les officiers de la garnison. Ce n'était pas une beauté régulière, mais elle avait de la taille, de beaux yeux, le pied petit, l'air passablement effronté : tout cela plaît fort quand on est dans les parages de vingt à vingt-cinq ans. On la disait par dessus le marché la plus capricieuse créature de son sexe, et sa manière de jouer ne démentait pas cette réputation. Tantôt elle jouait à ravir, on eût dit une comédienne du premier ordre ; le lendemain, dans la même pièce, elle était froide, insensible ; elle débitait son rôle comme un enfant récite son catéchisme. Ce qui intéressa surtout nos jeunes gens, ce fut l'histoire suivante que l'on racontait d'elle. Il paraît qu'elle avait été entretenue très richement à Paris par un

---

1. *enfant naturel* : dont les parents ne sont pas mariés.
2. *primer* : l'emporter sur les autres, être le premier.

sénateur qui faisait, comme l'on dit, des folies pour elle. Un jour cet homme, se trouvant chez elle, mit son chapeau sur sa tête ; elle le pria de l'ôter, et se plaignit

115 même qu'il lui manquât de respect. Le sénateur se mit à rire, leva les épaules, et dit en se carrant dans un fauteuil : "C'est bien le moins que je me mette à mon aise chez une fille que je paye." Un bon soufflet[1] de crocheteur[2], détaché par la blanche main de la Gabrielle, le

120 paya aussitôt de sa réponse et jeta son chapeau à l'autre bout de la chambre. De là, rupture complète. Des banquiers, des généraux avaient fait des offres considérables à la dame ; mais elle les avait toutes refusées, et s'était faite actrice, afin, disait-elle, de vivre indépendante.

125 Lorsque Roger la vit et qu'il apprit cette histoire, il jugea que cette personne était son fait, et, avec la franchise un peu brutale qu'on nous reproche, à nous autres marins, voici comment il s'y prit pour lui montrer combien il était touché de ses charmes. Il acheta les plus

130 belles fleurs et les plus rares qu'il put trouver à Brest, en fit un bouquet qu'il attacha avec un beau ruban rose, et dans le nœud arrangea très proprement un rouleau de vingt-cinq napoléons[3] ; c'était tout ce qu'il possédait pour le moment. Je me souviens que je l'accompagnai

135 dans les coulisses pendant un entracte. Il fit à la Gabrielle un compliment fort court sur la grâce qu'elle avait à porter son costume, lui offrit le bouquet et lui demanda la permission d'aller la voir chez elle. Tout cela fut dit en trois mots.

140 Tant que Gabrielle ne vit que les fleurs et le beau jeune homme qui les lui présentait, elle lui souriait, accompagnant son sourire d'une révérence des plus gracieuses ; mais quand elle eut le bouquet entre les mains et qu'elle sentit le poids de l'or, sa physionomie changea

145 plus rapidement que la surface de la mer soulevée par un ouragan des tropiques ; et certes elle ne fut guère moins

---

1. *soufflet* : gifle.
2. *crocheteur* : portefaix (celui qui soulève les fardeaux avec un crochet).
3. *napoléon* : pièce d'or de 20 F.

méchante, car elle lança de toute sa force le bouquet et les napoléons à la tête de mon pauvre ami, qui en porta les marques sur la figure pendant plus de huit jours. La
150 sonnette du régisseur se fit entendre, Gabrielle entra en scène et joua tout de travers.

Roger, ayant ramassé son bouquet et son rouleau d'or d'un air bien confus, s'en alla au café offrir le bouquet (sans l'argent) à la demoiselle du comptoir, et essaya, en
155 buvant du punch[1], d'oublier la cruelle. Il n'y réussit pas ; et, malgré le dépit qu'il éprouvait de ne pouvoir se montrer avec son œil poché, il devint amoureux fou de la colérique Gabrielle. Il lui écrivait vingt lettres par jour, et quelles lettres ! soumises, tendres, respectueuses, telles
160 qu'on pourrait les adresser à une princesse. Les premières lui furent renvoyées sans avoir été décachetées ; les autres n'obtinrent pas de réponse. Roger cependant conservait quelque espoir, quand nous découvrîmes que la marchande d'oranges du théâtre enveloppait ses
165 oranges avec les lettres d'amour de Roger, que Gabrielle lui donnait par un raffinement de méchanceté. Ce fut un coup terrible pour la fierté de notre ami. Pourtant sa passion ne diminua pas. Il parlait de demander l'actrice en mariage ; et comme on lui disait que le ministre de la
170 marine n'y donnerait jamais son consentement, il s'écriait qu'il se brûlerait la cervelle.

Sur ces entrefaites, il arriva que les officiers d'un régiment de ligne[2] en garnison à Brest voulurent faire répéter un couplet de vaudeville à Gabrielle, qui s'y refusa
175 par pur caprice. Les officiers et l'actrice s'opiniâtrèrent si bien, que les uns firent baisser la toile par leurs sifflets, et que l'autre s'évanouit. Vous savez ce que c'est que le parterre[3] d'une ville de garnison. Il fut convenu entre les officiers que le lendemain et les jours suivants la cou-
180 pable serait sifflée sans rémission, qu'on ne lui permettrait pas de jouer un seul rôle avant qu'elle n'eût fait

---

1. *punch* : boisson à base de rhum et de sirop de canne.
2. *ligne* : infanterie.
3. *parterre* : partie d'une salle de spectacle située au rez-de-chaussée.

amende honorable avec l'humilité nécessaire pour
expier son crime. Roger n'avait point assisté à cette
représentation ; mais il apprit le soir même le scandale
185 qui avait mis tout le théâtre en confusion, ainsi que les
projets de vengeance qui se tramaient pour le lendemain. Sur-le-champ son parti fut pris.

Le lendemain, lorsque Gabrielle parut, du banc des
officiers partirent des huées et des sifflets à fendre
190 les oreilles. Roger, qui s'était placé à dessein tout auprès
des tapageurs, se leva, et interpella les plus bruyants en
termes si outrageux, que toute leur fureur se tourna aussitôt contre lui. Alors, avec un grand sang-froid, il tira
son carnet de sa poche, et inscrivait les noms qu'on lui
195 criait de toutes parts ; il aurait pris rendez-vous pour se
battre avec tout le régiment, si, par esprit de corps, un
grand nombre d'officiers de marine ne fussent survenus,
et n'eussent provoqué la plupart de ses adversaires. La
bagarre fut vraiment effroyable.

200 Toute la garnison fut consignée pour plusieurs jours ;
mais quand on nous rendit la liberté il y eut un terrible
compte à régler. Nous nous trouvâmes une soixantaine
sur le terrain. Roger, seul, se battit successivement
contre trois officiers ; il en tua un, et blessa grièvement
205 les deux autres sans recevoir une égratignure. Je fus
moins heureux pour ma part : un maudit lieutenant, qui
avait été maître d'armes, me donna dans la poitrine un
grand coup d'épée, dont je manquai mourir. Ce fut, je
vous assure, un beau spectacle que ce duel, ou plutôt
210 cette bataille. La marine eut tout l'avantage, et le régiment fut obligé de quitter Brest.

Vous pensez bien que nos officiers supérieurs n'ou-
blièrent pas l'auteur de la querelle. Il eut pendant quinze
jours une sentinelle à sa porte.
215 Quand ses arrêts[1] furent levés, je sortis de l'hôpital, et
j'allai le voir. Quelle fut ma surprise, en entrant chez lui,
de le voir assis à déjeuner tête à tête avec Gabrielle ! Ils
avaient l'air d'être depuis longtemps en parfaite intel-

---

1. *arrêts* : sanction disciplinaire infligée à un officier ou à un sous-officier.

ligence. Déjà ils se tutoyaient et se servaient du même
220 verre. Roger me présenta à sa maîtresse comme son
meilleur ami, et lui dit que j'avais été blessé dans l'espèce d'escarmouche dont elle avait été la première
cause. Cela me valut un baiser de cette belle personne.
Cette fille avait les inclinations toutes martiales[1].

225 Ils passèrent trois mois ensemble parfaitement heureux, ne se quittant pas d'un instant. Gabrielle paraissait
l'aimer jusqu'à la fureur, et Roger avouait qu'avant de
connaître Gabrielle il n'avait pas connu l'amour.

Une frégate[2] hollandaise entra dans le port. Les offi-
230 ciers nous donnèrent à dîner. On but largement de
toutes sortes de vins ; et, la nappe ôtée, ne sachant que
faire, car ces messieurs parlaient très mal français, on se
mit à jouer. Les Hollandais paraissaient avoir beaucoup
d'argent ; et leur premier lieutenant surtout voulait jouer
235 si gros jeu, que pas un de nous ne se souciait de faire sa
partie. Roger, qui ne jouait pas d'ordinaire, crut qu'il
s'agissait dans cette occasion de soutenir l'honneur de
son pays. Il joua donc, et tint tout ce que voulut le lieutenant hollandais. Il gagna d'abord, puis perdit. Après
240 quelques alternatives de gain et de perte, ils se séparèrent sans avoir rien fait. Nous rendîmes le dîner
aux officiers hollandais. On joua encore. Roger et le lieutenant furent remis aux prises. Bref, pendant plusieurs
jours ils se donnèrent rendez-vous, soit au café, soit
245 à bord, essayant toutes sortes de jeux, surtout le trictrac[3], et augmentant toujours leurs paris, si bien qu'ils en
vinrent à jouer vingt-cinq napoléons la partie. C'était
une somme énorme pour de pauvres officiers comme
nous : plus de deux mois de solde ! Au bout d'une
250 semaine, Roger avait perdu tout l'argent qu'il possédait,
plus trois ou quatre mille francs empruntés à droite et à
gauche.

Vous vous doutez bien que Roger et Gabrielle avaient

---

1. *martiales* : guerrières, militaires.
2. *frégate* : navire de guerre à trois mâts.
3. *trictrac* : jeu qui se joue avec des dames et des dés sur un tableau spécial à deux
compartiments.

fini par faire ménage commun et bourse commune :
255 c'est-à-dire que Roger, qui venait de toucher une forte
part de prises, avait mis à la masse[1] dix ou vingt fois plus
que l'actrice. Cependant il considérait toujours que cette
masse appartenait principalement à sa maîtresse, et il
n'avait gardé pour ses dépenses particulières qu'une cin-
260 quantaine de napoléons. Il avait été cependant obligé de
recourir à cette réserve pour continuer à jouer. Gabrielle
ne lui fit pas la moindre observation.

L'argent du ménage prit le même chemin que son
argent de poche. Bientôt Roger fut réduit à jouer ses
265 derniers vingt-cinq napoléons. Il s'appliquait horriblement ; aussi la partie fut-elle longue et disputée. Il vint
un moment où Roger, tenant le cornet[2], n'avait plus
qu'une chance pour gagner : je crois qu'il lui fallait six
quatre[3]. La nuit était avancée. Un officier qui les avait
270 longtemps regardés jouer avait fini par s'endormir sur un
fauteuil. Le Hollandais était fatigué et assoupi ; en outre,
il avait bu beaucoup de punch. Roger seul était bien
éveillé, et en proie au plus violent désespoir. Ce fut en
frémissant qu'il jeta les dés. Il les jeta si rudement sur le
275 damier, que de la secousse une bougie tomba sur le
plancher. Le Hollandais tourna la tête d'abord vers la
bougie, qui venait de couvrir de cire son pantalon neuf,
puis il regarda les dés. – Ils marquaient six et quatre.
Roger, pâle comme la mort, reçut les vingt-cinq
280 napoléons. Ils continuèrent à jouer. La chance devint
favorable à mon malheureux ami, qui pourtant faisait
écoles sur écoles[4], et qui casait[5] comme s'il avait voulu
perdre. Le lieutenant hollandais s'entêta, doubla,
décupla les enjeux : il perdit toujours. Je crois le voir
285 encore ; c'était un grand blond, flegmatique, dont la
figure semblait être de cire. Il se leva enfin, ayant perdu

---

1. *masse* : caisse spéciale d'un groupe à laquelle chacun contribue.
2. *cornet* : gobelet pour agiter les dés.
3. *six quatre* : points marqués par les dés.
4. *écoles* : au jeu de trictrac, les erreurs sont appelées écoles.
5. *casait* : il mettait deux dames sur une flèche c'est-à-dire sur une case triangulaire.

quarante mille francs, qu'il paya sans que sa physionomie décelât la moindre émotion.

Roger lui dit : "Ce que nous avons fait ce soir ne
signifie rien, vous dormiez à moitié ; je ne veux pas de
votre argent.

– Vous plaisantez", répondit le flegmatique Hollandais ; "j'ai très bien joué, mais les dés ont été contre moi.
Je suis sûr de pouvoir toujours vous gagner en vous ren-
dant quatre trous[1]. Bonsoir !" et il le quitta.

Le lendemain nous apprîmes que, désespéré de sa
perte, il s'était brûlé la cervelle dans sa chambre après
avoir bu un bol de punch.

Les quarante mille francs gagnés par Roger étaient
étalés sur une table, et Gabrielle les contemplait avec un
sourire de satisfaction. "Nous voilà bien riches", dit-elle ;
"que ferons-nous de tout cet argent ?"

Roger ne répondit rien ; il paraissait comme hébété
depuis la mort du Hollandais. "Il faut faire mille folies",
continua la Gabrielle : "argent gagné aussi facilement
doit se dépenser de même. Achetons une calèche, et
narguons le préfet maritime et sa femme. Je veux avoir
des diamants, des cachemires[2]. Demande un congé et
allons à Paris ; ici nous ne viendrons jamais à bout de
tant d'argent !" Elle s'arrêta pour observer Roger, qui, les
yeux fixés sur le plancher, la tête appuyée sur sa main,
ne l'avait pas entendue, et semblait rouler dans sa tête
les plus sinistres pensées.

– Que diable as-tu, Roger ?" s'écria t-elle en appuyant
une main sur son épaule. "Tu me fais la moue, je crois ;
je ne puis t'arracher une parole.

– Je suis bien malheureux", dit-il enfin avec un soupir
étouffé.

– Malheureux ! Dieu me pardonne, n'aurais-tu pas des
remords pour avoir plumé ce gros mynheer[3] ?"

---

1. *trous* : un «trou» au trictrac est «un gain de douze points marqué par un fichet,
qu'on enfonce dans un trou ménagé sur le bord du damier». Le jeu compte douze
trous.
2. *cachemires* : tissus très fins, faits avec le poil des chèvres du Cachemire.
3. *mynheer* : Monsieur, en hollandais.

Il releva la tête et la regarda d'un œil hagard.

   – Qu'importe", poursuivit-elle, "qu'importe qu'il ait pris la chose au tragique et qu'il se soit brûlé ce qu'il avait de cervelle! Je ne plains pas les joueurs qui
325 perdent; et certes son argent est mieux entre nos mains que dans les siennes : il l'aurait dépensé à boire et à fumer, au lieu que nous, nous allons faire mille extravagances toutes plus élégantes les unes que les autres."

   Roger se promenait par la chambre, la tête penchée
330 sur sa poitrine, les yeux à demi fermés et remplis de larmes. Il vous aurait fait pitié si vous l'aviez vu.

   – Sais-tu", lui dit Gabrielle, "que des gens qui ne connaîtraient pas ta sensibilité romanesque pourraient bien croire que tu as triché ?

335 – Et si cela était vrai?" s'écria-t-il d'une voix sourde en s'arrêtant devant elle.

   – Bah!" répondit-elle en souriant, "tu n'as pas assez d'esprit pour tricher au jeu.

   – Oui, j'ai triché, Gabrielle; j'ai triché comme un misé-
340 rable que je suis."

Elle comprit à son émotion qu'il ne disait que trop vrai : elle s'assit sur un canapé et demeura quelque temps sans parler : "J'aimerais mieux", dit-elle enfin d'une voix très émue, "j'aimerais mieux que tu eusses tué dix hommes
345 que d'avoir triché au jeu."

   Il y eut un mortel silence d'une demi-heure. Ils étaient assis tous les deux sur le même sofa[1], et ne se regardèrent pas une seule fois. Roger se leva le premier, et lui dit bonsoir d'une voix assez calme.

350 – Bonsoir!" lui répondit-elle d'un ton sec et froid.

   Roger m'a dit depuis qu'il se serait tué ce jour-là même s'il n'avait craint que nos camarades ne devinassent la cause de son suicide. Il ne voulait pas que sa mémoire fût infâme.

355 Le lendemain, Gabrielle fut aussi gaie qu'à l'ordinaire; on eût dit qu'elle avait déjà oublié la confidence de la veille. Pour Roger, il était devenu sombre, fantasque,

---

1. *sofa* : sorte de canapé.

bourru; il sortait à peine de sa chambre, évitait ses amis, et passait souvent des journées entières sans adresser 360 une parole à sa maîtresse. J'attribuais sa tristesse à une sensibilité honorable, mais excessive, et j'essayai plusieurs fois de le consoler; mais il me renvoyait bien loin, en affectant une grande indifférence pour son partner[1] malheureux. Un jour même il fit une sortie violente 365 contre la nation hollandaise, et voulut me soutenir qu'il ne pouvait pas y avoir en Hollande un seul honnête homme. Cependant il s'informait en secret de la famille du lieutenant hollandais, mais personne ne pouvait lui en donner des nouvelles.

370 Six semaines après cette malheureuse partie de trictrac, Roger trouva chez Gabrielle un billet écrit par un aspirant qui paraissait la remercier de bontés qu'elle avait eues pour lui. Gabrielle était le désordre en personne, et le billet en question avait été laissé par elle sur 375 sa cheminée. Je ne sais si elle avait été infidèle, mais Roger le crut, et sa colère fut épouvantable. Son amour et un reste d'orgueil étaient les seuls sentiments qui pussent encore l'attacher à la vie, et le plus fort de ses sentiments allait être ainsi soudainement détruit. Il acca- 380 bla d'injures l'orgueilleuse comédienne; et, violent comme il était, je ne sais comment il se fit qu'il ne la battît pas.

– Sans doute", lui dit-il, "ce freluquet[2] vous a donné beaucoup d'argent? C'est la seule chose que vous 385 aimiez, et vous accorderiez vos faveurs au plus sale de nos matelots s'il avait de quoi les payer."

– Pourquoi pas?" répondit froidement l'actrice. "Oui, je me ferais payer par un matelot, mais... *je ne le volerais pas.*"

390 Roger poussa un cri de rage. Il tira en tremblant son poignard, et un instant regarda Gabrielle avec des yeux égarés; puis rassemblant toutes ses forces, il jeta l'arme

---

1. *partner* : ce mot anglais a donné *partenaire* en français.
2. *freluquet* : homme de peu d'importance.

à ses pieds et s'échappa de l'appartement pour ne pas
céder à la tentation qui l'obsédait.

395   Ce soir-là même je passai fort tard devant son loge-
ment, et voyant de la lumière chez lui, j'entrai pour
lui emprunter un livre. Je le trouvai fort occupé à écrire.
Il ne se dérangea point, et parut à peine s'apercevoir de
ma présence dans sa chambre. Je m'assis près de son
400 bureau et je contemplai ses traits; ils étaient tellement
altérés[1], qu'un autre que moi aurait eu de la peine à le
reconnaître. Tout d'un coup j'aperçus sur le bureau une
lettre déjà cachetée, et qui m'était adressée. Je l'ouvris
aussitôt. Roger m'annonçait qu'il allait mettre fin à ses
405 jours, et me chargeait de différentes commissions. Pendant que je lisais, il écrivait toujours sans prendre garde
à moi : c'était à Gabrielle qu'il faisait ses adieux... Vous
pensez quel fut mon étonnement, et ce que je dus lui
dire, confondu comme je l'étais de sa résolution : "Com-
410 ment, tu veux te tuer, toi qui es si heureux?"

    – Mon ami", me dit-il en cachetant sa lettre, "tu ne sais
rien ; tu ne me connais pas, je suis un fripon ; je suis si
méprisable, qu'une fille de joie m'insulte ; et je sens si
bien ma bassesse, que je n'ai pas la force de la battre."

415 Alors il me raconta l'histoire de la partie de trictrac, et
tout ce que vous savez déjà. En l'écoutant, j'étais pour le
moins aussi ému que lui ; je ne savais que lui dire ; je
lui serrais les mains, j'avais les larmes aux yeux, mais je
ne pouvais parler. Enfin l'idée me vint de lui représenter
420 qu'il n'avait pas à se reprocher d'avoir causé volontaire-
ment la ruine du Hollandais, et qu'après tout il ne lui
avait fait perdre par sa... tricherie... que vingt-cinq
napoléons.

    – Donc !" s'écria-t-il avec une ironie amère, "je suis un
425 petit voleur et non un grand. Moi qui avais tant d'ambi-
tion ! N'être qu'un friponneau !" Et il éclata de rire. Je
fondis en larmes.

    Tout à coup la porte s'ouvrit ; une femme entra et se
précipita dans ses bras : c'était Gabrielle. "Pardonne-

---

1. *altérés* : changés.

430 moi", s'écria-t-elle en l'étreignant avec force, "pardonne-moi. Je le sens bien, je n'aime que toi. Je t'aime mieux maintenant que si tu n'avais pas fait ce que tu te reproches. Si tu veux, je volerai... j'ai déjà volé... Oui, j'ai volé... j'ai volé une montre d'or... Que peut-on faire
435 de pis ?"

Roger secoua la tête d'un air d'incrédulité ; mais son front parut s'éclaircir. "Non, ma pauvre enfant", dit-il en la repoussant avec douceur, "il faut absolument que je me tue. Je souffre trop, je ne puis résister à la douleur
440 que je sens là.

– Eh bien ! si tu veux mourir, Roger, je mourrai avec toi ! Sans toi, que m'importe la vie ! J'ai du courage, j'ai tiré des fusils ; je me tuerai tout comme un autre. D'abord, moi qui ai joué la tragédie, j'en ai l'habitude." Elle avait
445 les larmes aux yeux en commençant, cette dernière idée la fit rire, et Roger lui-même laissa échapper un sourire. "Tu ris, mon officier", s'écria-t-elle en battant des mains et en l'embrassant ; "tu ne te tueras pas !" Et elle l'embrassait toujours, tantôt pleurant, tantôt riant, tantôt
450 jurant comme un matelot ; car elle n'était pas de ces femmes qu'un gros mot effraye.

Cependant je m'étais emparé des pistolets et du poignard de Roger, et je lui dis : "Mon cher Roger, tu as une maîtresse et un ami qui t'aiment. Crois-moi, tu peux
455 encore avoir quelque bonheur en ce monde." Je sortis après l'avoir embrassé, et je le laissai seul avec Gabrielle.

Je crois que nous ne serions parvenus qu'à retarder seulement son funeste dessein, s'il n'avait reçu du ministre l'ordre de partir, comme premier lieutenant, à
460 bord d'une frégate qui devait aller croiser dans les mers de l'Inde, après avoir passé au travers de l'escadre[1] anglaise qui bloquait le port. L'affaire était hasardeuse. Je lui fis entendre qu'il valait mieux mourir noblement d'un boulet anglais que de mettre fin lui-même à ses
465 jours, sans gloire et sans utilité pour son pays. Il promit de vivre. Des 40 000 francs, il en distribua la moitié à

---

1. *escadre* : réunion importante de navires de guerre.

des matelots estropiés ou à des veuves et des enfants de marins. Il donna le reste à Gabrielle, qui d'abord jura de n'employer cet argent qu'en bonnes œuvres. Elle avait
470 bien l'intention de tenir parole, la pauvre fille ; mais l'enthousiasme était chez elle de courte durée. J'ai su depuis qu'elle donna quelques milliers de francs aux pauvres. Elle s'acheta des chiffons avec le reste.

Les Coulisses *par Gaverni, B.N.*

Questions

Deuxième partie : *Histoire du lieutenant Roger : ce qui se passe à Brest* (lignes 76 à 473).

Compréhension

1. *Quels sont les qualités et le principal défaut de Roger ?*

2. *Par quels traits de caractère Gabrielle a-t-elle su plaire au lieutenant ?*

3. *L'un offre de l'argent, et l'autre le refuse : vu leurs caractères respectifs, pouvaient-ils se comporter différemment ?*

4. *Comment Roger réussit-il à se faire aimer ? De quelles qualités a-t-il fait preuve ? En quoi cette aventure est-elle romanesque ?*

5. *Pourquoi Roger joue-t-il ? Pourquoi s'est-il résolu à tricher ? Quelle proposition faite à son adversaire montre cependant qu'il n'est pas foncièrement malhonnête ?*

6. *Comment le désespoir du lieutenant se traduit-il ? Pourquoi veut-il se suicider ? Pourquoi ne l'a-t-il pas fait tout de suite ?*

Écriture

7. *Gabrielle a des réactions très vives : relevez une métaphore• (scène avec le sénateur) et une comparaison• maritime (scène avec Roger) qui montrent cette vivacité.*

8. *Le courage de Roger, son panache, les duels qu'il note sur un carnet, les lettres qu'il écrit, rappelle un personnage d'Edmond Rostand. Lequel ?*

9. *Dans la scène mélodramatique entre Roger, Gabrielle et le narrateur• (lignes 415 à 451), relevez les mots évoquant le rire et les pleurs.*

10. *Au cours de la partie, Mérimée décrit avec précision le mouvement de tête du Hollandais qui ne regarde plus les dés. Comment nomme-t-on ce mouvement dans le langage du cinéma ? Que s'est-il passé dans ce court laps de temps ?*

Bilan

L'action

• Ce que nous savons

Ce qui caractérise la 1re partie de la nouvelle c'est justement le manque d'action. L'ennui règne à bord d'un navire que la carence des vents a immobilisé en pleine mer.
La 2e partie rapporte une histoire plus mouvementée : le capitaine du bateau raconte au narrateur des événements qui se sont déroulés à Brest, du temps où lui-même et son ami Roger s'y trouvaient. Ce Roger, maintenant disparu, et dont il a hérité un poignard, est le héros de l'histoire. Sa vie a été bouleversée par la venue à Brest de Gabrielle, une actrice, qu'il est parvenu, après quelques déboires, à séduire. Ils vivent heureux jusqu'au jour où Roger triche – une seule fois – au jeu, et gagne une petite fortune. Miné par le remords, il pense au suicide.

• À quoi nous attendre ?

Le lecteur sait, dès le début, que Roger est mort. Il ne peut donc que s'interroger sur les conditions de cette mort (où ? quand ? comment ?).

Les personnages

• Ce que nous savons

– L'équipage du navire est composé de gens qui semblent ne connaître qu'une seule histoire ou qu'une seule anecdote, que, l'ennui régnant, ils répètent mécaniquement. C'est le cas du capitaine, ravi de raconter au narrateur (qui ne la connaît pas encore), l'histoire de son ami Roger.
– Roger, le héros du récit, est un personnage attachant : il est compétent, instruit, sensible, très généreux. Épris de Gabrielle, il se bat courageusement et d'une façon chevaleresque pour la défendre. Son défaut est de vouloir toujours faire mieux que les autres. S'il joue contre le riche Hollandais, c'est pour soutenir l'honneur du pays... Ses remords d'avoir triché sont sincères et pathétiques.
– Gabrielle est une jolie actrice, capricieuse, mais fière et entière, comme Roger. D'une certaine façon elle est aussi désintéressée (elle refuse les 25 napoléons), mais beaucoup moins que son ami :

quand Roger décide de se défaire de l'argent mal acquis, elle en gardera une partie pour elle.

• À quoi nous attendre ?

1. *Le départ du lieutenant dans les mers de l'Inde implique une rupture de fait avec Gabrielle. Quel est le sentiment dominant chez Roger, son amour ou son sens du devoir ?*

2. *Le lieutenant ne tient plus à la vie, mais sur les conseils de son ami qui veut le dissuader de se suicider, il est prêt à se battre pour son pays. Mourra-t-il en héros ?*

Les Coulisses, *lithographie par Gaverni. Musée Cognac Jay.*

Nous montâmes, Roger et moi, sur une belle frégate,
475 *la Galatée* : nos hommes étaient braves, bien exercés,
bien disciplinés ; mais notre commandant était un ignorant, qui se croyait un Jean Bart• parce qu'il jurait mieux
qu'un capitaine d'armes, parce qu'il écorchait le français
et qu'il n'avait jamais étudié la théorie de sa profes-
480 sion, dont il entendait assez médiocrement la pratique.
Pourtant le sort le favorisa d'abord. Nous sortîmes heu-
reusement de la rade, grâce à un coup de vent qui força
l'escadre de blocus[1] de gagner le large, et nous
commençâmes notre croisière par brûler[2] une corvette[3]
485 anglaise et un vaisseau de la compagnie[4] sur les côtes de
Portugal.
«Nous voguions lentement vers les mers de l'Inde,
contrariés par les vents et par les fausses manœuvres
de notre capitaine, dont la maladresse augmentait le
490 danger de notre croisière. Tantôt chassés par des forces
supérieures, tantôt poursuivant des vaisseaux marchands, nous ne passions pas un seul jour sans quelque
aventure nouvelle. Mais ni la vie hasardeuse que nous
menions, ni les fatigues que lui donnait le détail de la
495 frégate dont il était chargé, ne pouvaient distraire Roger
des tristes pensées qui le poursuivaient sans relâche. Lui
qui passait autrefois pour l'officier le plus actif et le plus
brillant de notre port, maintenant il se bornait à faire
seulement son devoir. Aussitôt que son service était fini,
500 il se renfermait dans sa chambre, sans livres, sans
papier ; il passait des heures entières couché dans son
cadre[5], et le malheureux ne pouvait dormir.
Un jour, voyant son abattement, je m'avisai de lui
dire : "Parbleu ! mon cher, tu t'affliges pour peu de
505 chose. Tu as escamoté vingt-cinq napoléons à un gros
Hollandais, bien ! – et tu as des remords pour plus d'un
million. Or, dis-moi, quand tu étais l'amant de la femme

---

1. *blocus* : l'escadre qui «bloquait» le port, qui empêchait les navires de sortir.
2. *brûler* : dépasser, laisser derrière soi.
3. *corvette* : bâtiment de guerre à trois mâts, plus petit que la frégate.
4. *Compagnie* : Compagnie des Indes.
5. *cadre* : lit rectangulaire suspendu.

du préfet de..., n'en avais-tu point ? Pourtant elle valait mieux que vingt-cinq napoléons."

510 Il se retourna sur son matelas sans me répondre.

Je poursuivis : "Après tout, ton crime, puisque tu dis que c'est un crime, avait un motif honorable, et venait d'une âme élevée."

Il tourna la tête et me regarda d'un air furieux.

515 – Oui, car enfin, si tu avais perdu, que devenait Gabrielle ? Pauvre fille, elle aurait vendu sa dernière chemise pour toi... Si tu perdais, elle était réduite à la misère. C'est pour elle, c'est par amour pour elle que tu as triché. Il y a des gens qui tuent par amour... qui se

520 tuent... Toi, mon cher Roger, tu as fait plus. Pour un homme comme nous, il y a plus de courage à... voler, pour parler net, qu'à se tuer."»

«Peut-être maintenant», me dit le capitaine, interrompant son récit, «vous semblé-je ridicule. Je vous

525 assure que mon amitié pour Roger me donnait dans ce moment une éloquence que je ne retrouve plus aujourd'hui ; et, le diable m'emporte, en lui parlant de la sorte j'étais de bonne foi, et je croyais tout ce que je disais. Ah! j'étais jeune alors !»

530 «Roger fut quelque temps sans répondre ; il me tendit la main : "Mon ami", dit-il en paraissant faire un grand effort sur lui-même, "tu me crois meilleur que je ne suis. Je suis un lâche coquin. Quand j'ai triché ce Hollandais, je ne pensais qu'à gagner vingt-cinq napoléons, voilà

535 tout. Je ne pensais pas à Gabrielle, et voilà pourquoi je me méprise... Moi, estimer mon honneur moins que vingt-cinq napoléons !... Quelle bassesse ! Oui, je serais heureux de pouvoir me dire : J'ai volé pour tirer Gabrielle de la misère... Non !... non ! je ne pensais pas à

540 elle... Je n'étais pas amoureux dans ce moment... J'étais un joueur... j'étais un voleur... J'ai volé de l'argent pour l'avoir à moi... et cette action m'a tellement abruti, avili, que je n'ai plus aujourd'hui de courage ni d'amour... je vis, et je ne pense plus à Gabrielle... je suis un homme

545 fini."

Il paraissait si malheureux que, s'il m'avait demandé mes pistolets pour se tuer, je crois que je les lui aurais donnés.

133

Un certain vendredi, jour de mauvais augure, nous
550 découvrîmes une grosse frégate anglaise, l'*Alceste,* qui
prit chasse sur nous. Elle portait cinquante-huit canons,
nous n'en avions que trente-huit. Nous fîmes force de
voiles pour lui échapper ; mais sa marche était supérieure, elle gagnait sur nous à chaque instant ; il était
555 évident qu'avant la nuit nous serions contraints de livrer
un combat inégal. Notre capitaine appela Roger dans sa
chambre, où ils furent un grand quart d'heure à consulter ensemble. Roger remonta sur le tillac, me prit par le
bras, et me tira à l'écart.

560 – D'ici à deux heures", me dit-il, "l'affaire va s'engager ;
ce brave homme là-bas qui se démène sur le gaillard
d'arrière[1] a perdu la tête. Il y avait deux partis à
prendre : le premier, le plus honorable, était de laisser
l'ennemi arriver sur nous, puis de l'aborder vigoureuse-
565 ment en jetant à son bord une centaine de gaillards
déterminés ; l'autre parti, qui n'est pas mauvais, mais qui
est assez lâche, serait de nous alléger en jetant à la mer
une partie de nos canons. Alors nous pourrions serrer de
très près la côte d'Afrique que nous découvrons là-bas à
570 bâbord. L'Anglais, de peur de s'échouer, serait bien
obligé de nous laisser échapper ; mais notre... capitaine
n'est ni un lâche ni un héros : il va se laisser démolir de
loin à coups de canon, et après quelques heures de
combat il amènera honorablement son pavillon. Tant
575 pis pour vous : les pontons de Portsmouth• vous
attendent. Quant à moi, je ne veux pas les voir.
– Peut-être", lui dis-je, "nos premiers coups de canon
feront-ils à l'ennemi des avaries[2] assez fortes pour l'obli-
ger à cesser la chasse.
580 – Écoute, je ne veux pas être prisonnier, je veux me
faire tuer ; il est temps que j'en finisse. Si par malheur je
ne suis que blessé, donne-moi ta parole que tu me jette-
ras à la mer. C'est le lit où doit mourir un bon marin
comme moi."

---

1. *gaillard d'arrière* : extrémité surélevée du pont supérieur d'un navire, réservée
aux officiers.
2. *avaries* : dégâts.

585 – Quelle folie!" m'écriai-je, "et quelle commission me donnes-tu là!
– Tu rempliras le devoir d'un bon ami. Tu sais qu'il faut que je meure. Je n'ai consenti à ne pas me tuer que dans l'espoir d'être tué, tu dois t'en souvenir. Allons, fais-moi
590 cette promesse; si tu me refuses, je vais demander ce service à ce contremaître, qui ne me refusera pas."
Après avoir réfléchi quelque temps, je lui dis : "Je te donne ma parole de faire ce que tu désires, pourvu que tu sois blessé à mort, sans espérance de guérison. Dans
595 ce cas je consens à t'épargner des souffrances.
– Je serai blessé à mort ou bien je serai tué." Il me tendit la main, je la serrai fortement. Dès lors il fut plus calme, et même une certaine gaieté martiale brilla sur son visage.
600 Vers trois heures de l'après-midi, les canons de chasse de l'ennemi commencèrent à porter dans nos agrès[1]. Nous carguâmes[2] alors une partie de nos voiles; nous présentâmes le travers à *l'Alceste,* et nous fîmes un feu roulant auquel les Anglais répondirent avec vigueur.
605 Après environ une heure de combat, notre capitaine, qui ne faisait rien à propos, voulut essayer l'abordage. Mais nous avions déjà beaucoup de morts et de blessés, et le reste de notre équipage avait perdu de son ardeur; enfin nous avions beaucoup souffert dans nos agrès, et nos
610 mâts étaient fort endommagés. Au moment où nous déployâmes nos voiles pour nous rapprocher de l'Anglais, notre grand mât, qui ne tenait plus à rien, tomba avec un fracas horrible. *L'Alceste* profita de la confusion où nous jeta d'abord cet accident. Elle vint passer à
615 notre poupe en nous lâchant à demi-portée de pistolet toute sa bordée[3]; elle traversa de l'avant à l'arrière notre malheureuse frégate, qui ne pouvait lui opposer sur ce point que deux petits canons. Dans ce moment j'étais auprès de Roger, qui s'occupait à faire couper les

---

1. *agrès* : ce qui sert à la manœuvre d'un navire : voiles, vergues, mâts...
2. *Nous carguâmes* : nous repliâmes les voiles.
3. *bordée* : décharge simultanée des pièces d'un même bord.

620 haubans[1] qui retenaient encore le mât abattu. Je le sens qui me serrait le bras avec force ; je me retourne, et je le vois renversé sur le tillac et tout couvert de sang. Il venait de recevoir un coup de mitraille dans le ventre.

Le capitaine courut à lui : "Que faire, lieutenant ?"
625 s'écria-t-il.

— Il faut clouer notre pavillon à ce tronçon de mât et nous faire couler." Le capitaine le quitta aussitôt, goûtant fort peu ce conseil.

"Allons", me dit Roger, "souviens-toi de ta promesse."
630 — Ce n'est rien", lui dis-je, "tu peux en revenir".

— Jette-moi par-dessus le bord", s'écria-t-il en jurant horriblement et me saisissant par la basque[2] de mon habit ; "tu vois bien que je n'en puis réchapper : jette-moi à la mer, je ne veux pas voir amener notre pavil-
635 lon."

Deux matelots s'approchèrent de lui pour le porter à fond de cale. "À vos canons, coquins", s'écria-t-il avec force ; "tirez à mitraille et pointez au tillac. Et toi, si tu manques à ta parole, je te maudis, et je te tiens pour
640 le plus lâche et le plus vil de tous les hommes !"

Sa blessure était certainement mortelle. Je vis le capitaine appeler un aspirant et lui donner l'ordre d'amener notre pavillon. "Donne-moi une poignée de main", dis-je à Roger.

645 Au moment même où notre pavillon fut amené…»
. . . .
— Capitaine, une baleine à bâbord !» interrompit un enseigne accourant à nous.

— Une baleine !» s'écria le capitaine transporté de joie et laissant là son récit ; «vite, la chaloupe[3] à la mer ! la yole[4]
650 à la mer ! toutes les chaloupes à la mer ! — Des harpons, des cordes ! etc., etc. »

Je ne pus savoir comment mourut le pauvre lieutenant Roger.

---

1. *haubans* : câbles.
2. *basque* : partie découpée et tombante d'un vêtement au-dessous de la taille.
3. *chaloupe* : canot lourd et robuste.
4. *yole* : embarcation légère et allongée.

Questions

Troisième partie : *En mer* (lignes 474 à 653).

Compréhension

1. *Avant de s'embarquer, comment Roger montre-t-il sa générosité ? Gabrielle est-elle aussi désintéressée que lui ?*

2. *Caractérisez l'attitude du lieutenant dans les dernières lignes du récit. Que demande-t-il à son ami ? Est-ce une promesse facile à tenir ?*

3. *La conclusion de la nouvelle (lignes 646 à 653) : pourquoi ne connaît-on pas la fin de l'histoire ? Comment pourrait-on qualifier l'attitude de Mérimée ?*

Écriture / Réécriture

4. *Dans les passages suivants (lignes 474 à 502 et 600 à 645), relevez le champ lexical de la navigation puis celui, plus précis, de la guerre navale.*

5. *«Au moment où notre pavillon fut amené...» Imaginez la suite.*

Recherches

Documentez-vous sur la marine à voiles et les différents types de bâtiments.
Pourriez-vous citer des noms de corsaires (ne pas les confondre avec les pirates) et d'amiraux célèbres ? des batailles navales importantes ?
Documentez-vous également sur le blocus anglais contre Napoléon, et sur le «blocus continental» de Napoléon contre l'Angleterre...

Bilan

L'action

Le récit du capitaine prend une autre dimension, plus dramatique, après que lui-même et son ami ont quitté Brest pour les mers de l'Inde. Le combat naval qui oppose la Galatée à la frégate anglaise est décrit avec force détails, et son issue ne fait aucun doute, car le capitaine français n'est pas très avisé et, surtout, le navire anglais a une plus grande puissance de feu.

Cependant la conclusion manque. La perspective d'une chasse à la baleine, qui vient rompre l'ennui de la traversée, détourne l'attention du capitaine et interrompt son récit. Le narrateur de la nouvelle avoue qu'il n'a pu savoir «comment mourut le pauvre lieutenant Roger».

Et le lecteur est quelque peu frustré...

Les personnages

– Le voyage mouvementé de la frégate vers l'Océan Indien, n'amène chez le lieutenant, du point de vue psychologique, aucune évolution. Toujours hanté par sa faute (sa tricherie et son gain au jeu ont entraîné la mort de son adversaire hollandais), il est toujours abattu, morne, désespéré, et ne tient plus à la vie. Intelligent et avisé, il prodigue – sans succès – des conseils au capitaine de la Galatée. Courageux et patriote, il se bat jusqu'au dernier moment, et même grièvement blessé, exhorte les matelots à poursuivre le combat.

– Son ami le capitaine, après avoir tout fait pour le réconforter, reconnaît son impuissance à le guérir. Quand Roger lui demande de le jeter à la mer s'il était blessé, on le devine bien embarrassé. Et quand cette blessure survient, il hésite à tenir sa promesse.

Les dénouements

Le récit, inachevé, permet au lecteur d'imaginer la conclusion qui lui plaira. Mais la nouvelle, dont l'histoire du lieutenant Roger constitue le cœur, finit aussi brutalement, et peut paraître, en un sens, inachevée...

1. D'après vous, le capitaine a-t-il jeté Roger par-dessus bord?

2. Qu'est-il advenu de l'équipage de la Galatée, et de l'ami du lieutenant?

3. En quoi la chasse à la baleine aura-t-elle modifié la vie à bord?

15 cent. le numéro.　　8 francs par an.

LE PETIT
MONITEUR ILLUSTRÉ

Un an, 8 fr.— Six mois, 4 fr.
On s'abonne pour Paris et les départements :
13, Quai Voltaire, 13,
en envoyant un mandat sur la Poste.

DIMANCHE 21 JUIN 1885. — N° 25

Les annonces et insertions sont reçues :
Chez M. L. AUBBOURG et Cⁱᵉ, 18, place de la Bou
et dans les Bureaux du journal,
13, Quai Voltaire.

LA PARTIE DE TRICTRAC

Nouvelle, par Prosper MÉRIMÉE.

« Il vint un moment où Roger n'avait plus qu'une chance pour gagner... Ce fut en frémissant qu'il jeta les dés ! »

25

LES ROMAINS ÉCHEVELÉS A LA 1ʳᵉ REPRÉSENTATION D'HERNANI.

Si le drame avait eu six actes, nous tombions tous asphyxiés.

DATES	ÉVÉNEMENTS HISTORIQUES	ÉVÉNEMENTS CULTURELS
1803		
1804	Sacre de Napoléon.	
1811		Chateaubriand : *Itinéraire de Paris à Jérusalem*.
1812		
1814	Abdication de Napoléon, retour de Louis XVIII (1re Restauration).	
1815	Retour de Napoléon et défaite de Waterloo. 2e Restauration.	
1819		Géricault : *Le Radeau de la Méduse*.
1820		Lamartine : *Méditations poétiques*.
1822	Congrès de Vérone. Guerre gréco-turque. Massacres de Scio.	
1823		Stendhal : *Racine et Shakespeare*.
1824	Mort de Louis XVIII. Couronnement de Charles X.	Delacroix : *Scènes des massacres de Scio*.
1825		
1826		Vigny : *Poèmes*.
1827		Hugo : Préface de *Cromwell*.
1828		
1829		A. Dumas : *Henri III et sa cour*.
1830	Juin : prise d'Alger. Juillet : «les Trois Glorieuses». Louis-Philippe roi des Français.	Hugo : *Hernani*. Musset : *Contes d'Espagne et d'Italie*. Berlioz : *La Symphonie fantastique*. Stendhal : *Le Rouge et le Noir*.
1831		Delacroix : *La Liberté guidant le peuple*.
1832	Épidémie de choléra à Paris.	
1833		Balzac : *Eugénie Grandet*.
1834	Massacre de la rue Transnonain.	
1835	Attentat de Fieschi.	Balzac : *Le Père Goriot*.
1836		Musset : *La Confession d'un enfant du siècle*.
1837		
1839	Émeutes à Paris. Arrestation de Barbès et de Blanqui.	Stendhal : *La Chartreuse de Parme*.
1840	Retour des cendres de Napoléon.	
1841		Wagner : *Le Vaisseau fantôme*.
1842	Mort de Stendhal.	
1843		
1844		
1845	Restauration de Notre-Dame par Viollet-le-Duc.	
1848	Proclamation de la République.	
1849		
1850		
1851	Coup d'État de Napoléon III.	Nerval : *Voyage en Orient*.

VIE ET ŒUVRE DE PROSPER MÉRIMÉE	DATES
Naissance à Paris le 28 septembre.	1803
	1804
	1811
Entre au Lycée impérial Napoléon III (Henri IV).	1812
	1814
	1815
	1819
	1820
Rencontre Stendhal.	1822
Licencié en Droit.	1823
	1824
Entrée dans le salon de Delécluze. Porte le cercueil du général Foy, orateur du parti libéral. Théâtre de *Clara Gazul*.	1825
Voyages en Angleterre.	1826
Rencontre Émilie Lacoste. *La Guzla*.	1827
La Jaquerie. Blessé en duel par Félix Lacoste : trois balles à l'épaule et au bras gauches.	1828
Chronique du temps de Charles XII, Mateo Falcone, Vision de Charles XI, Tamango, Federigo, L'Enlèvement de la redoute.	1829
Le Vase étrusque, la Partie de trictrac. Voyage en Espagne, de juin à décembre où il fait la connaissance du comte de Montijo, père de la future impératrice.	1830
Chef de bureau du Secrétariat de la Marine, puis Chef de cabinet du comte d'Argout, ministre du Commerce.	1831
Maître des requêtes au Conseil d'État. À Boulogne-sur-Mer fait la connaissance de Jenny Dacquin.	1832
Mosaïque, La Double Méprise.	1833
Inspecteur des Monuments historiques et Antiquités nationales (27 mai) aux appointements de 8 000 F.	1834
1re tournée dans le Midi de la France.	
Les Âmes du Purgatoire.	
Tournée dans l'Ouest.	1835
Liaison avec Mme Delessert. Voyage en Alsace. Mort de son père.	1836
La Vénus d'Ille. Voyage en Auvergne.	1837
Voyage en Corse où il séjourne du 16 août au 7 octobre. Retour par l'Italie.	1839
Colomba. Voyage dans le Sud-Ouest et en Espagne.	1840
Voyage en Grèce et en Turquie.	1841
	1842
Tournée en Bourgogne et en Franche-Comté. Élu à l'Académie des Inscriptions et Belles-Lettres (17 novembre).	1843
Élu à l'Académie française au 7e tour... (14 mars). *Arsène Guillot*.	1844
Tournée en Dordogne, Languedoc et Provence. *Carmen*. Voyage en Espagne.	1845
Garde national pendant les émeutes. Apprend le russe.	1848
Traduit *La Dame de Pique* de Pouchkine.	1849
H.B. (Henry Beyle, c'est-à-dire Stendhal).	1850
Journée à Lyon, Vézelay. Voyage en Angleterre, Belgique, Hollande.	1851

DATES	ÉVÉNEMENTS HISTORIQUES	ÉVÉNEMENTS CULTURELS
1852	Napoléon III empereur héréditaire des Français.	Gautier : *Émaux et Camées.*
1853	Mariage de Napoléon III et d'Eugénie de Montijo.	
1854		
1855	Guerre de Crimée, siège de Sébastopol.	Hugo : *Les Châtiments.*
1856		Poe : *Histoires extraordinaires* (trad. de Baudelaire).
1857		Baudelaire : *Les Fleurs du Mal.* Flaubert : *Madame Bovary.*
1858	Attentat d'Orsini.	
1860		
1861	Expédition du Mexique.	
1866		Verlaine : *Poèmes saturniens.* Villiers de l'Isle-Adam : *L'Intersigne.*
1868		
1869	Inauguration du canal de Suez.	Flaubert : *L'Éducation sentimentale.*
1870	Guerre franco-allemande et désastre de Sedan. Proclamation de la République.	

VIE ET ŒUVRE DE PROSPER MÉRIMÉE	DATES
Officier de la Légion d'Honneur. Mort de sa mère. Emprisonné 15 jours pour outrage à la magistrature (affaire Libri).	1852
Nommé sénateur le 23 juin (dotation annuelle de 30 000 F). Renonce aux appointements d'Inspecteur général et aux tournées.	1853
Voyage en Europe centrale. Rupture avec Valentine Delessert (29 décembre).	1854
	1855
S'installe à Cannes avec les sœurs Lagden, depuis longtemps amies de la famille.	1856
Devient un familier de la Cour impériale où il sera invité régulièrement, à Fontainebleau, Compiègne, Biarritz. Voyage en Angleterre et en Suisse.	1857
	1858
Séjour à Londres. Commandeur de la Légion d'Honneur.	1860
Démissionne des Monuments historiques.	
	1861
Écrit *La Chambre bleue* pour l'Impératrice.	1866
Écrit *Lokis* qui sera publié l'année suivante.	1868
Souffre d'une *« bronchite aiguë, galopante »*. *Le Figaro* annonce sa mort.	1869
Écrit *Djoûmane*. Malade, le 10 septembre, il quitte Paris.	1870
Meurt à Cannes le 23 septembre. Le 25 il est inhumé au cimetière anglais.	

MÉRIMÉE ET LA RÉVOLUTION ROMANTIQUE

Si l'on évoque les écrivains romantiques, il est évident que l'on pense plus volontiers à Hugo, Musset, Gautier, Dumas... qu'à Mérimée. Pourtant Mérimée appartient pleinement à ce mouvement qui tenta, entre 1820 et 1830, d'imposer une nouvelle esthétique, et de donner à l'art qu'il jugeait sclérosé un nouvel élan. Les nouvelles de ce recueil précédèrent toutes – sauf *La Partie de trictrac* – la représentation d'*Hernani,* et *Le Vase étrusque* fut publié dans la *Revue de Paris* le 14 février 1830, douze jours avant la première du drame de Hugo.

Si le succès des Romantiques sembla acquis le 26 février 1830, après *Hernani,* dont la fameuse bataille mobilisa les troupes autour notamment de Théophile Gautier, si le talent et la forte personnalité de Victor Hugo la rendirent possible, elle ne fut pas pour autant la victoire d'un poète seul : elle avait été préparée de longue main par des prédécesseurs de renom, Mme de Staël, Chateaubriand, Lamartine. *Les Méditations,* de ce dernier, en 1820, auraient pu lui permettre, s'il l'avait voulu, d'être le chef de l'École. La qualité de cette génération d'écrivains : Vigny, Balzac, Dumas, Mérimée, Sand, Nerval, Musset, permit au mouvement romantique de triompher. Quant à Stendhal, plus âgé, il contribua aussi avec son *Racine et Shakespeare,* à imposer un goût nouveau. Et le rôle des revues et des salons ne doit pas être négligé.

LES JOURNAUX

Les journaux politiques exprimaient aussi des opinions littéraires. Les Conservateurs avaient leur journal, celui de Chateaubriand, *Le Conservateur*, les Libéraux *Le Constitutionnel.* Les jeunes Romantiques, politiquement, étaient divisés.
En décembre 1819, les frères Hugo créèrent *Le Conservateur littéraire* qui parut jusqu'au mois de mars 1820. En juillet 1823, Émile Deschamps créa, avec Guiraud et Soumet, *La Muse française* où écrivirent Victor Hugo et d'autres jeunes gens royalistes et chrétiens. Elle cessa de paraître en juin 1824. Cette même année, face au journal conservateur, paraît *Le Globe* où se côtoient Stendhal, Mérimée, Charles de Rémusat, Sainte-Beuve, Duvergier de Hauranne, Jean-Jacques Ampère, condisciple et ami de Mérimée, Ludovic Vitet à qui Mérimée succèdera quelques années plus tard comme Inspecteur général des Monuments historiques. Ils s'opposent aux règles classiques et revendiquent la liberté pour l'art.
Peu à peu cependant, les différends entre les deux partis s'atténuent sous l'influence de Hugo. L'unité se fait en 1827,

quand le jeune poète, installé rue Notre-Dame-des-Champs, reçoit régulièrement amis et confrères.

LES SALONS

C'est dans les salons que se retrouvent écrivains, artistes, mondains, personnages en vogue. C'est là que se précisent les thèmes, que s'échangent les idées, que s'affûtent les arguments, et que, avant d'être éditées, sont lues les œuvres.
Le premier salon de ce genre est celui d'Émile Deschamps, où apparaissent Vigny, Hugo, Latouche, Soumet. Après sa nomination à la Bibliothèque de l'Arsenal, en 1824, Charles Nodier (plus âgé, puisque né en 1780), reçoit tous les dimanches, de façon fort conviviale : on discute mais on joue et on danse également. La fonction de ce Cénacle est très importante dans l'histoire du Romantisme, mais son succès s'estompa au fur et à mesure que grandissait le rôle de Hugo : à partir de 1827, c'est chez lui, 11 rue Notre-Dame-des-Champs, que se réunit le Second Cénacle, c'est-à-dire tout ce que la nouvelle école compte de talents littéraires mais aussi artistiques : Delacroix, Devéria, David d'Angers...
La fréquentation des salons est très enrichissante pour le jeune Mérimée. En 1822, chez Joseph Lingay, professeur devenu journaliste, il rencontre Stendhal qui a vingt ans de plus que lui, et qui le trouve laid et déplaisant... Ce sera le début d'une longue amitié.
Il se rend aussi parfois, introduit par son ami Jean-Jacques Ampère, à l'Abbaye-aux-Bois, mais il s'y ennuie, supportant assez mal l'hôtesse, Mme Récamier, et Chateaubriand. Il fréquente aussi le salon de Mme Ancelot, de Mme de Boyne. Il est reçu chez l'ancien pasteur Stapfer, chez le naturaliste Cuvier. Surtout, il est introduit par Stendhal ou Viollet-le-Duc (le père du futur architecte), chez Étienne Delécluze.
Ancien élève de David, Delécluze avait renoncé à la peinture pour devenir critique au *Journal des Débats* et, de goût plutôt classique, il n'en recevait pas moins ses amis romantiques dans son «donjon», rue du Chabanais, le vendredi et le dimanche. Il note dans son journal, à la date du 13 mars 1825 : *«Prosper Mérimée, le fils du peintre, est venu aujourd'hui chez moi pour la première fois. Il doit revenir demain soir pour me lire un ouvrage dramatique, fait d'après les principes dits communément romantiques.»* Il s'agit des *Espagnols au Danemark*. Mérimée a vingt-deux ans, et c'est de ce jour-là, pourrait-on dire, que date sa notoriété. Assidu du petit cénacle de Delécluze, reçu dans plusieurs salons, Mérimée, dans ces années-là, participe pleinement à la vie intellectuelle du moment.

Les critiques qui se sont penchés sur l'œuvre de Mérimée, ont découvert de nombreux textes dont il se serait inspiré. Multiples pour *Mateo Falcone* et *Tamango,* uniques pour la *Vision de Charles XI* et *L'Enlèvement de la redoute,* ces sources sont inexistantes pour *Le Vase étrusque* et *La Partie de trictrac.*

MATEO FALCONE

La source principale de cette nouvelle paraît être un récit anonyme publié dans la *Revue trimestrielle* de juillet 1828 : un berger corse livre deux déserteurs du régiment des Flandres cachés dans un marais, et reçoit une gratification de quatre louis ; sa famille le fusille et rend l'argent.

Quelques mois plus tôt, en 1827, cette même anecdote avait été racontée par Renucci dans *Nouvelle Storiche Corze,* avec quelques variantes : le « traître » tué par son père est un jeune garçon, et c'est ici qu'apparaît le thème du reniement et du châtiment pour celui qui a trahi son clan.

Mais l'histoire n'est pas nouvelle. Elle avait déjà été racontée par l'abbé de Germanes dans son *Histoire des révolutions de la Corse depuis ses premiers habitants jusqu'à nos jours* (1771-76), et par l'abbé Gaudin dans son *Voyage en Corse et vues politiques sur l'amélioration de cette île* (1787), avec cependant trois variantes : il n'y a plus qu'un seul déserteur, il est livré pour une pièce de cinq louis, et le délateur est tué par son père.

D'autres sources ont été trouvées, mais il semble bien que l'essentiel soit là, dans un acte de délation payé par des « étrangers », réprouvé par la famille et durement châtié, parce que déshonorant et ressenti comme la trahison d'un clan. Mérimée a probablement lu le récit de Renucci, en 1827, comme celui de la *Revue trimestrielle,* en 1828. Le rapprochement des dates est significatif : *Mateo Falcone* fut achevé le 14 février et publié le 3 mai 1829. Au reste, Mérimée n'a pris à ses devanciers que l'idée ; la mise en scène, l'étude psychologique, la dramatisation, et la sobriété de la forme sont bien de lui.

VISION DE CHARLES XI

On ne sait comment Mérimée eut connaissance d'un article paru le 16 juin 1810 dans un journal allemand et dont la traduction parvint au Ministère des Affaires étrangères : cet article racontait la vision qu'eut dans son château de Gripsholm, dans la nuit du 16 au 17 décembre 1676, le roi Charles XI de Suède. Le roi en avait établi le procès-verbal, qu'il avait fait signer par quatre témoins (ce document pourrait être un faux, publié en 1742)... Mérimée a repris le texte qu'il a condensé, dramatisé et modifié : il a changé le nom des personnages, décrit en peintre la vision proprement dite, révélé son sens prophétique, et, surtout, modifié un petit détail. Le texte disait :

> Le sang qui coulait abondamment inonda bientôt le parquet. Dieu m'est témoin que j'éprouvai dans ce moment une frayeur mortelle. Je portai les yeux sur mes pantoufles, sur lesquelles je croyais que le sang avait rejailli ; mais je n'en pus découvrir aucune trace.

Mérimée écrit : «La pantoufle de Charles conserva une tache rouge, qui seule aurait suffi pour lui rappeler les scènes de cette nuit, si elles n'avaient pas été trop bien gravées dans sa mémoire.» Par cette tache rouge, «preuve» en quelque sorte de la réalité de la vision, Mérimée insinue le doute dans l'esprit du lecteur, et sa nouvelle prend une dimension fantastique.

L'ENLÈVEMENT DE LA REDOUTE

La prise de la forteresse de Schwardino, le 5 septembre 1812, ouvrit à Napoléon la route de Moscou. Cet épisode sanglant de la campagne de Russie – Français et Russes se fusillèrent à bout portant –, inspira ce court récit à Mérimée qui fit du narrateur un jeune lieutenant dont c'était le baptême du feu. Mérimée s'était documenté dans l'*Histoire de Napoléon et de la Grande-Armée pendant l'année 1812,* que le comte de Ségur avait publiée en 1824.

TAMANGO

Les sources ici sont aussi nombreuses que celles de *Mateo Falcone.* Si Mérimée a véritablement créé le personnage de Tamango, l'histoire de ce dernier et, plus largement, le problème de la traite des Noirs, est le reflet des préoccupations de l'époque, du moins dans les classes éclairées.
Les sources sont aussi bien orales que livresques. D'une part, les discussions sur ce problème étaient fréquentes dans les salons, et le jeune écrivain était très lié avec Albert Stapfer, fils du pasteur qui avait fondé en 1821, avec le baron de Staël, la «Société de morale chrétienne» qui se proposait d'abolir l'esclavage. D'autre part, brochures et romans traitaient ce thème à la mode : par exemple *Bug-Jargal,* de Hugo, écrit en 1820, venait d'être remanié en 1826. Surtout, Mérimée avait lu plusieurs relations de voyages en Afrique, et parmi elles, celles de Mungo Park, *Voyage dans l'intérieur de l'Afrique fait en 1795, 1796 et 1797.* Ce jeune Écossais racontait en détail son long

voyage dans la région du Sénégal et du Mali, avec des considérations ethnologiques et sociologiques. La fréquence de l'esclavage en Afrique, ses différentes causes, le traitement infligé aux esclaves ont particulièrement retenu son attention.

> *On s'assure ordinairement d'eux en mettant dans la même paire de fers la jambe droite de l'un et la jambe gauche de l'autre ; ils peuvent marcher, mais fort lentement, en soutenant leurs fers avec une corde. Ils sont attachés de quatre en quatre par le cou avec une forte corde faite de lanières tressées. Dans la nuit, on leur met aux mains une nouvelle paire de fers, et quelquefois on leur passe au cou une légère chaîne de même métal.*

Mérimée doit à Mungo Park, plus littéralement, l'épisode du « Mama-Jumbo » :

> *Le 8, à midi, nous atteignîmes Kolor, ville considérable. En y entrant, je remarquai qu'on avait appendu à un arbre une espèce d'habit de masque fait d'écorce d'arbre, et qu'on me dit appartenir au mombo-jombo. Cet étrange épouvantail se trouve dans toutes les villes mandingues, et les Nègres païens ou kafirs s'en servent pour tenir leurs femmes dans la sujétion.*

Un autre ouvrage important avait paru en 1821, celui de Thomas Clarkson, *Histoire du commerce homicide appelé Traite des Noirs ou Cri des Africains contre les Européens, leurs oppresseurs,* qui donnait la coupe horizontale et transversale du navire *Brookes* de Liverpool, « *construit pour le trafic des Noirs, fait pour contenir 450 nègres, mais en ayant contenu souvent jusqu'à 600* ».
À l'époque donc où écrit Mérimée, le problème de l'esclavage est encore une question d'actualité : quatorze ans après l'abolition de la traite des esclaves par le Congrès de Vienne, en 1815, le commerce n'a pas encore disparu...

LE VASE ÉTRUSQUE, LA PARTIE DE TRICTRAC

Ces deux récits de 1830 n'ont pas de sources connues. Nouvelles psychologiques, plus classiques donc, elles sont de l'invention de Mérimée qui, dans *Le Vase étrusque* met en scène des mondains oisifs et fortunés, un monde en somme qu'il connaît assez bien, à tel point qu'on a cru découvrir les clés de ses personnages : Saint-Clair serait lui-même, Mathilde serait Mme Lacoste (dont le mari blessa Mérimée en duel), Thémines serait Mareste, Néville qui revient d'Égypte serait Charles Lenormant... Mais s'il a pris certains traits à ses amis ou connaissances, l'intrigue est purement imaginaire : Mérimée n'a aucun goût pour l'autobiographie...

Narrateur hors du récit :		Narrateur dans le récit :	
Il voit tout. Il sait tout.	Il sait ce qu'il a lu ou entendu.	personnage mêlé à l'action	observateur ou confident
Tamango *La partie de trictrac* (récit 2) *Le Vase étrusque*	*Vision de Ch. XI* *L'Enlèvement de la redoute*	*La Vénus d'Ille*	*Mateo Falcone* *La partie de trictrac* (récit 1)

À PROPOS DE L'ŒUVRE

LE NARRATEUR EST HORS DU RÉCIT

Il est omniscient : il sait tout des personnages qu'il met en scène, leur caractère, leurs pulsions, leurs pensées les plus secrètes (les tortures de la jalousie de Saint-Clair, les remords lancinants de Roger, les calculs sordides de Ledoux), mais aussi toutes les péripéties de leur destinée : la révolte et la survie de Tamango, les termes mêmes de la provocation qui conduira au duel fatal de Thémines et Saint-Clair, la langueur de Mathilde – et la durée de cette langueur qui l'emportera... Le narrateur détient toutes les clés. Seule la fin du lieutenant Roger est passée sous silence.

Parfois le narrateur intervient, au début du récit, pour dire dans quelles circonstances il a appris l'histoire qu'il va conter : dans *Vision de Charles XI,* il s'agit d'un document officiel, un procès-verbal « *revêtu des signatures de quatre témoins différents* » ; dans *L'Enlèvement de la redoute,* de la transcription d'un récit que lui a fait un ami. La source, orale ou écrite, est donc indiquée, le narrateur semble (semble seulement) se cantonner dans un rôle anodin de vulgarisateur.

LE NARRATEUR EST DANS LE RÉCIT

Ou bien il est un personnage mêlé à l'action : *La Vénus d'Ille* qui ne figure pas dans ce recueil (cf. Classiques Hachette n° 40), offre un excellent exemple de narrateur-personnage, témoin des faits qu'il raconte et en même temps mêlé à l'intrigue, puisqu'il mène sa propre enquête et attire l'attention

151

du procureur sur les menaces qu'avait proférées la veille du meurtre le muletier Aragonais...

Ou bien il n'intervient pas dans le récit, comme un personnage proprement dit, mais comme un observateur, garant des faits qu'il rapporte. Dans *Mateo Falcone,* on pourrait croire le narrateur «omniscient», mais il est bien dans le récit, quoique indirectement : il a visité la Corse dont il décrit les mœurs ; mieux : il a rencontré Mateo Falcone, deux ans après les faits. Et l'emploi de *« je »* («*Quand j'étais en Corse... Lorsque je le vis...*»*),* tend à donner à la nouvelle un accent d'authenticité. Dans *La partie de trictrac,* le premier narrateur – celui qui dit l'ennui d'une longue traversée – devient l'auditeur du capitaine (le *narrateur* du premier récit devient le *narrataire* du second). S'il n'a pas connu le héros de l'histoire, il écoute attentivement celui qui fut l'ami de Roger : il est en quelque sorte le lien, le relais entre le narrateur n° 2 et le lecteur. Lorsqu'il reprend la parole, à la fin, il s'adresse au lecteur, l'air faussement navré : il n'a pu savoir le dénouement de l'histoire... Ce narrateur, qui est dans le récit, joue le rôle d'un confident. À la différence du narrateur-personnage, il a un rôle passif.

Charles XI, roi de Suède.

Les nouvelles de Mérimée respectent, dans l'ensemble, l'ordre chronologique des événements. Elles ont une structure linéaire et se terminent généralement avec la mort d'un protagoniste.

Chaque nouvelle s'ouvre sur **une introduction** qui présente le personnage principal (ou un protagoniste) dans son cadre de vie, ou sur un préambule qui annonce au lecteur les sources du récit :
Pour *Mateo Falcone* : présentation de la Corse et portrait de Mateo, puis histoire et mort de Fortunato.
Pour *Tamango* : portrait de Ledoux et description de son brick, puis histoire et mort de Tamango.
Pour *Le Vase étrusque* : portrait de Saint-Clair, puis histoire et mort de Saint-Clair ;
Pour *Vision de Charles XI* : la source (écrite) du récit, puis le compte rendu de la vision.
Pour *L'Enlèvement de la redoute* : la source (orale) du récit, puis la narration de cette bataille.

Le Vase étrusque et *Vision de Charles XI* modifient légèrement ce schéma. Aux deux récits, en effet, s'ajoute un court appendice qui d'une part relate la mort de Mathilde, d'autre part donne une interprétation de la vision du roi.

En revanche, la structure de *La Partie de trictrac* est différente, en ceci qu'elle présente **un récit encadré par un autre**. Le récit n° 2 (l'histoire du lieutenant Roger, racontée par un capitaine de ses amis), s'intercale dans le récit n° 1, et cette nouvelle compte donc deux narrateurs.

On le voit, si la narration est classique, et ne bouleverse point les habitudes du lecteur, on peut tout de même constater que Mérimée évite de se répéter platement.

Par un même et louable souci, **la mort**, toujours présente, intervient différemment dans les nouvelles : la mort de Tamango, de Fortunato, de Saint-Clair, celle de Roger même, clôt le récit, mais quelques variantes apparaissent. Dans *Le Vase étrusque* la mort de Mathilde suit celle de son amant ; dans *Vision de Charles XI* elle est différée, elle n'intervient que « *cinq règnes après* » ; dans *La partie de trictrac* l'incertitude demeure, non sur la fin de Roger, mais sur les circonstances de cette fin ; dans *L'Enlèvement de la redoute* enfin, par une sorte d'ironie macabre, le héros est épargné, au terme d'une bataille particulièrement meurtrière...

SUR MÉRIMÉE

La personnalité de Mérimée, tributaire de son apparence froide et distante (il avait choisi pour devise : «Méfiance»), a inspiré les critiques. Les portraits qu'ils en ont fait, sans être hostiles, ne sont pas pour autant très attirants. Émile Faguet, plutôt bienveillant, insiste sur sa retenue (*Études littéraires*, Boivin et Cie, 1887) :

> *Sceptique dédaigneux, pessimiste tranquille, mystificateur impassible, le tout couvert du glacis brillant de l'homme du monde, et enveloppé dans la grâce aimable mais sans abandon, du causeur discret qui se surveille, tel a été Mérimée ; ou tel au moins il a mis un art patient et sans défaillance à se montrer jusqu'au bout, ce qui laisse croire qu'il n'était pas très sensiblement autre chose.*

Gustave Lanson (*Histoire de la Littérature française*, Hachette, 1910), met en avant la concision de son style et sa «cruauté» :

> *Il sait faire vingt pages, où les Romantiques s'évertuent à souffler un volume. Aussi quelle plénitude dans cette brièveté ! Un paysage est complet en cinq ou six lignes. Les caractères se dessinent par une action significative, que le romancier a su choisir en faisant abstraction du reste [...]*
>
> *Il est simple aussi : ni sensibilité ni grandes phrases ; un ton uni, comme celui d'un homme de bonne compagnie qui ne hausse jamais la voix. On peut imaginer l'effet de cette voix douce et sans accent, quand elle raconte les pires atrocités. Car Mérimée est «cruel», il conte avec sérénité toutes sortes de crimes, de lâchetés et de vices, les histoires les plus répugnantes ou les plus sanglantes ; ne croyant ni à l'homme ni à la vie, il choisit les sujets où son froid mépris trouve le mieux à se satisfaire.*

Un autre éclairage nous est donné par Baudelaire qui, en 1863, du vivant donc de Mérimée, évoque l'écrivain en le comparant au peintre Delacroix qui venait de mourir (*La vie et l'œuvre d'Eugène Delacroix*) :

> *Un homme à qui on pourrait... le comparer pour la tenue extérieure et pour les manières serait M. Mérimée. C'était la même froideur apparente, légèrement affectée, le même manteau de glace recouvrant une pudique sensibilité et une ardente passion pour le bien et le beau, c'était sous la même hypocrisie d'égoïsme, le même dévouement aux amis secrets et aux idées de prédilection.*

Cette modernité de Mérimée, cette «*place à part*» qui est la sienne en pleine époque romantique est bien mise en valeur aussi par Aragon (*La lumière de Stendhal*, Denoël, 1954) :

155

Archéologue, voyageur sensible, qui traversa son temps comme l'Europe, prenant partout, mais ne se laissant pas prendre, il a, dans ce siècle d'écoles bruyantes, une place à part : il est presque de l'âge des grands romantiques, mais il a l'air d'appartenir à la génération suivante, celle qui ne s'émerveille plus des premiers tumultes. Il est à peine l'aîné des Jeunes-France, pourtant, qui furent les troupes de la bataille d'Hernani : et il y a en lui quelque chose de plus moderne, à notre sens du mot, que chez Musset, Gautier, Borel ou Nerval. Il passe pour un auteur secondaire, mais son nom s'inscrit tout naturellement à côté de ceux de Balzac et de Stendhal.

SUR *TAMANGO*

[...] L'ironie du narrateur aiguise plus d'un trait ; elle n'est que le masque d'une imagination qui a sa pudeur et qui répugnerait à l'éloquence ; pour l'abolition de l'esclavage, Tamango vaut plus que la rhétorique de cent plaidoyers.

M. Levaillant, *Introduction à* Mosaïque,
Honoré Champion, 1933.

Malgré une apparente neutralité, le récit n'est pas innocent, il dissimule une ambiguïté fondamentale et révèle, pour le lecteur moderne, une attitude raciste : éternel sous-développé, le noir ne saurait assumer seul son destin, il paraît même invraisemblable qu'il puisse le faire un jour ; bien que justifiée par les conditions inhumaines de la traite, une révolte noire aboutit à une impasse ; il n'est donc pas question de mettre en cause le système esclavagiste, on peut au maximum essayer d'adoucir le sort des «malheureux» noirs. L'auteur de Tamango, comme les habitués du salon de Delécluze, est loin de partager les opinions abolitionnistes de Victor Schoelcher.

Lucette Czyba, «Traite et esclavage dans *Tamango*»,
revue *Europe*, septembre 1975.

SUR *MATEO FALCONE*

On aurait peine à trouver dans notre littérature un autre exemple d'un pareil drame, ramassé ainsi en dix pages.

A. Filon, *Mérimée*, Hachette, 1898.

La présence de Mérimée ne déforme donc pas la vision du monde : l'auteur raconte, tranquillement, d'un ton simple, avec une gravité imperturbable, sans faire montre de son «moi» et sans s'émouvoir ; il ne fait pas connaître ses sentiments, sa sympathie ou son antipathie. C'est au lecteur de juger Mateo et Fortunato.

A. Naaman, *Mateo Falcone de Mérimée*, Nizet, 1967.

SUR *VISION DE CHARLES XI*

[...] Tout s'y ramène à une gamme de rouge et de noir ; les mots noir et sombre sont répétés dix fois, les mots rouge et sang le sont huit fois. Ce n'est plus un éparpillement de couleurs qui fatiguent l'œil, c'est une opposition de deux larges touches, à la manière de Delacroix. Du rouge et du noir dans un conte fantastique, où l'on devine l'influence d'Hoffmann, voilà qui donne au récit une belle teinte romantique !

P. Trahard, *La jeunesse de Prosper Mérimée*, Champion, 1925.

SUR *L'ENLÈVEMENT DE LA REDOUTE*

Peut-être [ce récit] fut-il écrit au sortir d'une de ces étourdissantes conversations avec Stendhal, où toutes les proportions et la perspective de l'histoire officielle étaient renversées, où les héros devenaient des pygmées, et réciproquement, où les actes les plus extraordinaires paraissaient tout simples, tandis que les faits les plus imperceptibles prenaient une valeur saisissante.

A. Filon, *op. cit.*

La couleur locale est à peu près absente : si Mérimée ne citait, au début, le nom russe de la redoute (en le francisant, au surplus), saurait-on que la scène est en Russie plutôt qu'en Flandre et qu'il s'agit d'un épisode préalable de la bataille de la Moskowa ? Le jeune sous-lieutenant qui va prendre part à l'action n'a guère le temps de regarder autour de lui ; il ne voit le combat que de son rang et à travers son cœur. Le même parti pris inspirera plus tard Stendhal lorsqu'il montrera la bataille de Waterloo aperçue en décousu par Fabrice.

M. Levaillant, *op. cit.*

SUR *LE VASE ÉTRUSQUE*

Ce récit n'est que l'idylle de l'adultère mondain à laquelle l'auteur a cousu tant bien que mal un brusque et tragique épilogue. Assez pauvre en lui-même, il doit l'attention que nous lui donnons à un hors d'œuvre et à un portrait qui, lui-même, par sa minutie et son étendue, dépasse toutes les proportions de l'insignifiante histoire romanesque où il est encadré. Ce portrait est celui d'Auguste Saint-Clair, en qui Mérimée se peignit complaisamment.

A. Filon, *op. cit.*

Mérimée lui-même, très certainement, a donné à Auguste Saint-Clair les principaux traits sous lesquels il se voyait : un homme à la sensibilité trop fragile et qui a réussi à porter pour tout le monde le masque d'un cynique. Cette jalousie même, peut-être depuis quelque temps la vit-il. Si l'on veut bien dépasser les

À PROPOS DE L'ŒUVRE

157

apparences, qui, – le décor mis à part – font du Vase étrusque une œuvre à l'accent XVIIIe siècle, c'est sans doute ce qu'il a écrit de plus personnel, c'est-à-dire de plus romantique : sa propre histoire, dans une certaine mesure une confession. C'est pourquoi Le Vase étrusque nous émeut par le fond, quand les autres nouvelles nous satisfont par la forme.

Marquis de Luppé, *Mérimée*, Albin Michel, 1945.

SUR *LA PARTIE DE TRICTRAC*

L'analyse est aussi juste que rapide : à son trouble on sent que Roger n'est pas un professionnel du vol. Il tremble trop ; mais s'il tremble, c'est qu'il a une conscience ; et s'il a une conscience – qui ne meurt à aucun moment, même au moment du vol – il va souffrir. Il souffre en effet, et doublement, d'abord parce qu'il a volé, ensuite parce que son vol a provoqué la mort d'un homme [...]

Dans ce drame brutal qui paraît se réduire à un monologue (le lecteur songe à certains monologues, plus nuancés, de Shakespeare), Gabrielle et l'ami de Roger jouent le rôle de confidents de tragédies : ils exaspèrent ou calment, au moment voulu, les sentiments du tricheur.

P. Trahard, *op. cit.*

*Stendhal. Dessin de Lehmann fait à Civitavecchia en juillet 1841,
quelques mois avant la mort de Stendhal.
Musée Stendhal de Grenoble.*

Il est un thème récurrent dans les nouvelles de Mérimée : celui de la mort violente. Individuelle ou collective, la mort chez Mérimée est rarement « naturelle », elle est presque toujours provoquée.

LES CIRCONSTANCES

Elles sont très différentes, qu'il s'agisse de meurtres isolés, comme dans *Mateo Falcone, Vision de Charles XI, Le Vase étrusque,* ou de massacres, comme dans *L'Enlèvement de la redoute, Tamango, la Partie de trictrac* : exécution sommaire de Fortunato par son père, décapitation du noble suédois Ankarstroem, mort de Saint-Clair en duel, hécatombes provoquées par les guerres napoléoniennes ou par une révolte d'esclaves sur un négrier...

Si Mateo exécute son fils, c'est qu'il a failli aux lois de l'honneur et de l'hospitalité : il a trahi son camp en vendant aux gendarmes, aux « *collets jaunes* », un proscrit blessé. Ankarstroem expie sur le billot l'assassinat du roi Gustave III. Dans son duel, Auguste Saint-Clair pourrait éviter la mort, mais il ne veut présenter ses excuses qu'après avoir essuyé le feu de son « ami » Thémines. Et même s'il meurt heureux, puisque ses soupçons vis-à-vis de Mathilde n'étaient pas fondés – attitude bien romantique –, il meurt tout de même de mort violente...

Plus que les meurtres individuels, les massacres sont dépeints avec une certaine complaisance, encore que soit sobrement décrit le combat naval de *La Partie de trictrac* au cours duquel le vaisseau du héros essuie le feu des cinquante-huit canons de la frégate anglaise.

L'Enlèvement de la redoute révèle un choix significatif : Mérimée raconte, dans un récit très bref, un épisode particulièrement meurtrier de la campagne de Russie, l'attaque de la redoute de Cheverino (en réalité Schwardino), dont la prise, par Murat et Compans, ouvrit à l'armée napoléonienne, en 1812, la route de Moscou. D'après certaines estimations, cette attaque aurait fait, Français et Russes confondus, environ douze mille morts... Le narrateur, un jeune lieutenant, a une vision forcément parcellaire de la bataille, mais certaines notations sont effrayantes : « *Je crois voir encore chaque soldat, l'œil gauche attaché sur nous, le droit caché par son fusil élevé [...] Un roulement de tambours retentit dans la redoute. Je vis se baisser tous les fusils. Je fermai les yeux, et j'entendis un fracas épouvantable, suivi de cris et de gémissements.* »

La révolte des esclaves, à bord de *L'Espérance*, est aussi très sanglante. Les notations horribles ne manquent pas : Tamango tue le capitaine Ledoux à coups de sabre après l'avoir férocement mordu à la gorge ; les matelots sont égorgés ; le lieutenant tire sur la foule avec un petit canon chargé de mitraille avant d'être « mis en pièces »... Les cadavres des Blancs sont coupés en morceaux et jetés à la mer, les occupants de la chaloupe se noient sous les yeux des gens du canot qui ne veulent pas recueillir les survivants... Cette révolte sera terriblement meurtrière puisque Tamango en sera le seul survivant.

LE RÉALISME DES PEINTURES

Les images sont d'autant plus suggestives et efficaces que le narrateur se veut impassible, et que son style est sobre, précis, concis. Il vise aussi à certains effets de rapidité : « *Mateo fit feu et Fortunato tomba roide mort* » (*Mateo Falcone*)... « *Tamango fit feu, et l'esclave tomba morte à terre* » (*Tamango*)... « *Thémines a tiré ; j'ai vu Saint-Clair tourner une fois sur lui-même, et il est tombé roide mort* » (*Le Vase étrusque*)... « *Je me retourne, et je le vois renversé sur le tillac et tout couvert de sang. Il venait de recevoir un coup de mitraille dans le ventre* » (*La Partie de trictrac*)... Il vise aussi à susciter l'horreur et le dégoût : Tamango se relève, « *la bouche sanglante* » (*Tamango*)... « *Mon capitaine était étendu à mes pieds ; sa tête avait été broyée par un boulet, et j'étais couvert de sa cervelle et de son sang* » (*L'Enlèvement de la redoute*)... « *Le cadavre parut trembler d'un mouvement convulsif, et un sang frais et vermeil coula de sa blessure* [...] *Un ruisseau de sang jaillit sur l'estrade, et se confondit avec celui du cadavre ; et la tête, bondissant plusieurs fois sur le pavé rougi, roula jusqu'aux pieds de Charles, qu'elle teignit de sang* » (*Vision de Charles XI*)...

On ne peut donc dénier à Mérimée une certaine complaisance pour les images sanglantes. Son goût d'ailleurs pour la violence semble bien une constante de son œuvre : il apparaissait déjà dans la *Chronique du règne de Charles IX* (1829), il apparaîtra encore dans *Colomba* (1840) et dans *Carmen* (1845).

L'ARRIÈRE-PLAN HISTORIQUE

Des navires apparaissent dans deux nouvelles, *Tamango* et *La Partie de trictrac,* qui font toutes deux référence à des événements historiques précis du début du XIXe siècle : les guerres napoléoniennes, le blocus anglais, le Congrès de Vienne de 1815. La rivalité franco-anglaise forme la trame de ces nouvelles : *Tamango* s'ouvre pratiquement sur la bataille de Trafalgar (21 octobre 1805) où le capitaine Ledoux a perdu une main ; la frégate sur laquelle s'est embarqué le lieutenant Roger force le blocus de Brest, échappe au large du Portugal à une corvette et à un vaisseau avant d'être elle-même détruite par une grosse frégate anglaise. De même, si Ledoux prend maintes précautions dans son commerce, illicite depuis le Congrès de Vienne, c'est qu'il veut éviter les croiseurs anglais, chargés par ce même Congrès d'assurer la police des mers.

En 1789, la France possédait 80 vaisseaux de ligne, et 70 frégates (l'Angleterre respectivement 130 et 100). En 1830, la flotte française était un peu moins importante, puisqu'elle ne comptait que 58 vaisseaux et 63 frégates.

LES VOILIERS

Les navires dont il est question dans les deux nouvelles de Mérimée sont tous des voiliers, qu'ils appartiennent à la flotte de commerce ou à la flotte de guerre. La flotte de commerce est représentée par deux navires, un vaisseau de la Compagnie des Indes, aperçu au large du Portugal et le brick du capitaine Ledoux, *l'Espérance,* spécialement construit pour le commerce des Noirs.

Ces bricks, voiliers à deux mâts équipés de voiles carrées et d'une brigantine, étaient très prisés des négriers. Plus légers, plus maniables et plus rapides que les vaisseaux de commerce traditionnels, ils pouvaient espérer échapper aux croiseurs de surveillance, et aussi remonter quelque peu les fleuves africains pour les besoins de la traite.

Les corvettes, les frégates, les vaisseaux de ligne sont des navires de guerre. Les vaisseaux de ligne, ainsi appelés parce qu'ils combattaient en ligne, étaient les bâtiments les plus imposants et les plus meurtriers. Ils étaient répartis en plusieurs catégories ou « rangs », selon leurs dimensions et le nombre de leurs canons. Un vaisseau de premier rang, en France, était équipé de quatre-vingts canons ou plus. Mais le *Victory,* le vaisseau amiral de Nelson, avait une longueur totale de 69 mètres (pour une longueur de quille de 45,75 m), et sa plus grande largeur était de 16 mètres. À Trafalgar, il était équipé de cent deux canons.

Les frégates – certains spécialistes attribuent aux Français «l'invention» de ce type de bateau – étaient moins grandes et pouvaient être assimilées à des vaisseaux de cinquième rang. Cependant la frégate française la *Belle Poule,* construite en 1834, avec ses 64 mètres de long, et ses 15 mètres de large, était un des plus grands bâtiments de ce type. Équipée de trois mâts et de voiles carrées, les frégates portaient aussi beaucoup de canons (dans *La partie de trictrac, la Galatée* en a vingt-huit, l'*Alceste* cinquante-huit).

Les corvettes, plus petites que les frégates, avaient une longueur moyenne de seize mètres.

Trafalgar, manœuvre du Redoutable *et du* Bicentaure. *Musée de la marine.*

ARGENT
•

• **Dans l'œuvre** : la cupidité est un des ressorts de l'action : c'est en effet par cupidité, pour gagner 5 francs, que le jeune Fortunato cache le proscrit corse, et c'est pour une jolie montre de dix écus qu'il livrera peu après ce même proscrit... De même, l'appât du gain, mais à une autre échelle, pousse le négrier Ledoux à entasser le plus possible d'esclaves sur son navire. Il n'est pas question d'argent entre Ledoux et Tamango : les esclaves sont échangés contre des cotonnades, de vieilles armes, de l'eau-de-vie... Ceux qui n'ont pas de valeur marchande – les enfants, les vieillards, les femmes infirmes – sont cédés chacun contre une bouteille, puis contre un verre d'eau-de-vie, et les six derniers, grâce à l'interprète, « *homme humain* », contre « *une tabatière en carton* »... En revanche, bien qu'il ne soit pas à vendre, Tamango est estimé par Ledoux – réflexe professionnel –, mille écus...

• **Rapprochements** : au XIXe siècle, les romans de Balzac font la part belle aux questions financières, en décrivant le monde de la finance, les usuriers, les fortunes et les faillites : *La Maison Nucingen, Gobseck, Le Père Goriot, César Birotteau,* etc. Zola fit de même (*L'Argent, La Curée*) pour les milieux d'affaires du Second Empire.

ARMES
•

• **Dans l'œuvre** : comme les nouvelles exploitent le thème de la violence – guerres ou règlements de comptes -, elles ont nécessairement recours aux armes, qui apparaissent même dans un récit psychologique comme *Le Vase étrusque* : le héros est tué dans un duel au pistolet, et l'arme meurtrière est de qualité, puisqu'elle a été fabriquée par Manton, en Angleterre... Les armes, omniprésentes, varient en fonction des circonstances : poignards ou stylets, fusils, poudre et balles sont utiles en Corse, et Mateo Falcone peut compter sur les « *escopettes* » (armes à feu à bouche évasée) de ses gendres ; les gendarmes qui traquent les « *bandits* » ont un sabre et un fusil à baïonnette (c'est avec ce dernier instrument qu'un soldat sonde le tas de foin où s'est caché Sanpiero). Dans *L'Enlèvement de la redoute* apparaissent tout naturellement les obus, les boulets lancés par des canons que l'on fait fonctionner avec une « *lance à feu* ». Les canons sont aussi mentionnés dans *La Partie de trictrac* : la frégate anglaise en compte cinquante-huit, vingt de plus que le navire français. Dans *Tamango* apparaît un petit canon particulier qui tourne sur un pivot et que l'on charge de mitraille ; dirigé contre

la foule des esclaves révoltés, on comprend sans peine qu'il fasse
« *une large rue pavée de morts et de mourants* »...

• **Rapprochements** : les œuvres qui mentionnent des armes sont
innombrables. Pour rester avec Mérimée, signalons les armes
d'époque dans la *Chronique du règne de Charles IX* : dagues et
rapières, pistolets d'arçon et arquebuses, instruments du massacre
de la St-Barthélémy ; Orso, le frère de Colomba, possède « *un beau
fusil de Manton* » avec lequel il vengera le meurtre de son père ;
après sa désertion, José est armé, comme ses complices, d'une
« *espingole* » (fusil à canon évasé), mais c'est avec un couteau qu'il
frappera Carmen. La mort violente est un thème récurrent des
nouvelles de Mérimée, et les moyens de la donner sont fort divers.

CORSE
•

• **Dans l'œuvre** : La couleur locale est donnée par les noms patro-
nymiques, par les noms de villes (l'action de *Mateo Falcone* est
censée se dérouler dans la région de *Porto-Vecchio*), par les mœurs
(le *maquis*, refuge des proscrits, le sens de l'hospitalité et de
l'honneur, le rôle subalterne des femmes...) Mais il faut bien dire
que, lorsqu'il écrit cette nouvelle, en 1829, Mérimée n'a de la Corse
qu'une connaissance livresque. Il ne visitera l'île que dix ans plus
tard, exactement du 16 août au 7 octobre 1829. Pour l'édition de
1842, il apportera à son texte quelques corrections : il remplace
ruppa (sorte de redingote) par *pilone* (manteau à capuchon), *giberne*
par *carchera* ; le *bonnet pointu en peau de chèvre* devient un *bonnet
pointu en velours noir* ; *les bergers vous vendent...* devient : *les bergers
vous donnent du lait et du fromage* ; il modifie également la phrase :
« *il n'y a pas de Corse montagnard qui en scrutant bien sa mémoire, n'y
trouve quelque peccadille, telle que coups de fusil, coups de stylet et
autres bagatelles* », en remplaçant « *il n'y a pas* » par « *il y a peu* », ce
qui en atténue la portée satirique...

• **Rapprochements** : Dans l'œuvre de Mérimée, la comparaison ne
peut se faire qu'avec *Colomba*. Plus longue, plus riche de personnages et d'anecdotes, cette nouvelle développe les particularités
corses. Le thème de la *vendetta* est essentiel, et la jeune héroïne met
tout en œuvre pour décider son frère à venger le meurtre de leur
père. D'où les termes *ballata* ou *vocero* qui désignent la complainte
faite devant le corps d'un homme assassiné : le *rimbecco* qui est une
« *mise en demeure pour l'homme qui n'a pas encore lavé une injure
dans le sang* » : le rite du *muccio* qui consiste « *à jeter une pierre ou un
rameau d'arbre sur le lieu où un homme a péri de mort violente* ». C'est
une vision de la Corse, rude, primitive et folklorique, qu'a privilé-
giée Mérimée dans ses nouvelles.

ESCLAVAGE
•

• **Dans l'œuvre** : le récit est imaginaire, mais on pourrait sans peine croire à son authenticité. Si l'intrigue (les conditions de la révolte, la survie du héros) sont romanesques, l'arrière-plan est historique, et la documentation de l'écrivain est sérieuse. Quelles sont les données de la nouvelle ? Le capitaine Ledoux quitte Nantes à bord de son négrier, prend livraison au Sénégal d'un chargement d'esclaves, (achetés avec « *de mauvaises cotonnades, de la poudre, des pierres à feu, trois barriques d'eau-de-vie, cinquante fusils mal raccommodés* »), et fait voile probablement vers la Martinique (où il rêve de vendre Tamango). Quels sont les faits historiques ? Nantes, au même titre que Liverpool, Amsterdam ou Lisbonne, était un grand port de la traite des Noirs. Les navires gagnaient les côtes du Sénégal, de Guinée, de Côte d'Ivoire etc., pour embarquer « le bois d'ébène ». En échange des esclaves, les négriers africains se contentaient du genre de fournitures ci-dessus mentionnées. Les navires partaient ensuite pour les Antilles, ou les côtes américaines, puis revenaient en Europe, chargés de canne à sucre ou de café. Le commerce était triangulaire.
Aboli par la Convention le 15 février 1794, et rétabli par Napoléon le 18 mai 1802, l'esclavage ne fut définitivement supprimé qu'en 1833 par l'Angleterre, et qu'en 1848 par la France (le décret fut signé le 28 avril par Victor Schoelcher). Cependant, en 1815, le Traité de Vienne avait proposé la suppression de la traite et chargé l'Angleterre d'en surveiller l'application (c'est pourquoi, dans la nouvelle, Ledoux veut échapper « *aux croiseurs anglais* »). *Tamango* est donc bien ancré dans la réalité.

• **Rapprochements** : les philosophes du XVIIIe siècle, Montesquieu, Voltaire (cf. IRONIE), Diderot, Condorcet, ont condamné l'esclavage. Au XIXe siècle, Victor Hugo écrivit l'histoire de la révolte de Saint-Domingue, *Bug-Jargal* : ce récit, écrit une quinzaine de jours en 1819, fut repris et publié en 1826, trois ans donc avant la nouvelle de Mérimée. Aux États-Unis, le roman de Mrs Beecher-Stowe, *La Case de l'Oncle Tom* (1851), eut un énorme retentissement.

FEMMES
•

• **Dans l'œuvre** : ni l'épouse de Mateo Falcone, ni celle de Tamango, n'ont un grand relief. Giuseppa est soumise et effacée, comme Ayché qui pourtant fournit à son mari la lime qui libèrera les Noirs de leurs chaînes. Plus riches et plus fouillés sont les portraits de Gabrielle, l'amie du lieutenant Roger, et de Mathilde de

Coursy, la maîtresse de Saint-Clair. Gabrielle « *jeune actrice fort jolie* », est capricieuse, fière, indépendante. Elle a quitté le sénateur qui l'entretenait à Paris parce qu'il n'ôtait pas son chapeau devant elle. Vive, entière et désintéressée, elle l'a giflé, de la même manière qu'elle jettera au visage de Roger son bouquet de fleurs et ses napoléons... Exaltée quand elle se sait riche, abattue quand elle apprend la tricherie de son ami, elle le quitte, revient vers lui, et, malgré sa promesse, ne distribue aux bonnes œuvres qu'une partie de l'argent mal acquis... Inconséquente et attachante, elle est un personnage plein de vivacité et de vitalité.

Le portrait de Mathilde est très différent. Cette jeune veuve, « *la plus belle femme de Paris* », pense Saint-Clair avec exaltation, est douce, tendre, aimante. Injustement soupçonnée d'infidélité, elle apparaît comme une victime : quand son amant, détrompé, meurt en duel, elle se laisse mourir de langueur.

• **Rapprochements** : les héroïnes de Mérimée peuvent se ranger soit parmi les douces et les victimes, soit parmi les fortes et les dominatrices. Douces, Mathilde de Coursy donc, Arsène, la lorette repentie *(Arsène Guillot),* Julie de Chaverny qui connaît un moment d'égarement *(La double méprise).* Elles meurent de langueur ou de chagrin.

Et il y a les autres, les femmes de caractère, décidées et volontaires, Diane de Clergy *(Chronique du règne de Charles IX),* Colomba, Carmen. Elles sont belles et leur regard reflète leur énergie. La pupille de Diane se dilate « *comme celle d'un chat* » et il est difficile « *d'en soutenir quelque temps l'action magique* ». Autre comparaison animale pour peindre Carmen : « *Ses yeux surtout avaient une expression à la fois voluptueuse et farouche que je n'ai trouvée depuis à aucun regard humain. Œil de bohémien, œil de loup, dit un dicton espagnol* » etc. Quand elle improvise la « *ballata* », l'excitation de Colomba, qui ne vit que pour venger son père, se voit « *au feu de ses prunelles dilatées* ». Énergiques et entières, ces femmes vont jusqu'au bout de leur passion.

HISTOIRE
•

• **Dans l'œuvre** : deux nouvelles du recueil mettent en scène des événements historiques, *L'Enlèvement de la redoute* et *Vision de Charles XI.* Dans la première, Mérimée relate la prise de la redoute de Schwardino, et comme Stendhal (cf. l'épisode de la bataille de Waterloo dans *La Chartreuse de Parme),* il privilégie la vision partielle et « ingénue » de la bataille : il la fait raconter par un jeune lieutenant dont c'est le baptême du feu. Ici, pas de héros glorieux (le général Compans est désigné par son initiale), ni de phrases

166

lyriques ou ronflantes, mais l'horreur du détail réaliste, et la vigueur de phrases concises.

Si l'authenticité du second récit est suspect (voir Les Sources, pp. 148 sqq.), Mérimée se plaît manifestement à établir des corrélations entre les données de la vision et la réalité des faits historiques : l'assassinat du roi de Suède Gustave III et l'avènement de ses successeurs, Gustave-Adolphe IV et Charles XIII qui, en 1810, adopta Bernadotte... Mais même sous la forme anecdotique, la référence historique est toujours présente dans le récit.

Le témoignagne de Théodore de Néville qui revient d'Égypte (*Le Vase étrusque*) est fantaisiste, mais en peu de phrases, dans un salon parisien, le décor exotique est brossé : les pyramides, les rues du Caire, le lazaret où les visiteurs doivent séjourner, Ibrahim pacha et son père Mohamed Ali...

Quand l'escadre du lieutenant Roger (*La partie de trictrac*), quitte la rade de Brest, elle doit forcer le blocus anglais.

Tamango s'ouvre sur l'évocation de la bataille de Trafalgar, où Ledoux perdit une main : et si, devenu marchand d'esclaves, ce dernier essaie d'échapper aux Anglais, c'est que le Congrès de Vienne, abolissant l'esclavage en 1815, leur a demandé de veiller à l'application de sa décision... Chez Mérimée, l'Histoire n'est jamais bien loin de la fiction.

• **Rapprochements** : les écrivains du XIXe siècle – les romantiques en particulier – ont souvent mis l'Histoire à contribution, non seulement dans les drames *(Henri III et sa cour, La Tour de Nesle, Marion Delorme, Lorenzaccio, Ruy Blas, etc.)*, mais aussi dans les romans, à la suite de Walter Scott dont les romans furent tant appréciés (*Ivanhoe* parut en 1820). Citons parmi les plus célèbres : *Cinq-Mars* où Vigny fit revivre l'époque de Louis XIII ; *Notre-Dame de Paris* où Hugo ressuscita le Moyen Âge ; *Les Chouans* de Balzac, paru la même année que la *Chronique du règne de Charles IX* de Mérimée ; *Quatre-vingt-treize* de Hugo (paru bien plus tard), où revit cette même époque révolutionnaire ; *Le Rouge et le Noir* et *La Chartreuse de Parme* de Stendhal, la première œuvre peignant les milieux de la Restauration, la seconde s'ouvrant sur l'entrée des troupes napoléoniennes à Milan.

IRONIE
•

• **Dans l'œuvre** : si l'ironie consiste à dire le contraire de ce qu'on pense ou veut faire penser, elle doit aussi, sous peine d'être vaine, être comprise par le lecteur comme une raillerie. La réflexion ironique du narrateur lui permet de prendre une certaine distance avec ses personnages ou les événements qu'il raconte.

Elle apparaît surtout dans *Tamango*. Le féroce négrier s'appelle *Ledoux*, et c'est aussi par antiphrase que son navire se nomme *l'Espérance*... L'ironie est omniprésente dans ce récit. Nous nous bornerons à trois exemples. La phrase « *il faut avoir de l'humanité, et laisser à un nègre au moins cinq pieds en longueur et deux en largeur pour s'ébattre, pendant une traversée de six semaines et plus* », renferme au moins deux mots scandaleux dans ce contexte : « *humanité* » et « *s'ébattre* »... Quand les matelots français remplacent les fourches qui entravent le cou des esclaves par « *des carcans et des menottes en fer* », le narrateur salue « *la supériorité de la civilisation européenne* » ; enfin, quand il dit que l'interprète est « *un homme humain* » (humain à peu de frais pourtant...), il ne fait pas de pléonasme, il souligne la barbarie des autres.

• **Rapprochements** : sur ce même sujet – la traite des esclaves –, c'est d'ironie aussi qu'usent Voltaire et Montesquieu. Le nègre de Surinam, amputé d'une main et d'une jambe par son maître, dit à Candide et à Pangloss : « *C'est à ce prix que vous mangez du sucre en Europe* », et il se souvient des paroles de sa mère : « *tu as l'honneur d'être l'esclave de nos seigneurs blancs* »... (*Candide*, chap. XIX). Montesquieu feint l'étonnement (*Esprit des Lois*, XV, 5) : « *De petits esprits exagèrent trop l'injustice que l'on fait aux Africains : car, si elle était telle qu'ils le disent, ne serait-il pas venu dans la tête des princes d'Europe, qui font entre eux tant de conventions inutiles, d'en faire une générale en faveur de la miséricorde et de la pitié ?* »

JALOUSIE
•

• **Dans l'œuvre** : un personnage éprouve les tourments de la jalousie : Auguste Saint-Clair, l'amant de Mathilde de Coursy. Cette jalousie se cristallise autour du vase étrusque (qui donne à la nouvelle son titre), vase offert à Mathilde par Massigny, dont elle a été, dit-on, la maîtresse. Pour montrer les méfaits de la jalousie, Mérimée a composé, à deux reprises, deux scènes parallèles et antithétiques. Les deux premières se déroulent chez le jeune homme, et la même phrase, « *il se jeta sur son canapé* », introduit des réflexions, d'autant plus désabusées et tristes qu'elles furent la veille gaies et enthousiastes... Autres scènes antithétiques chez Mathilde cette fois, autour du vase, et deux phrases se font écho : « *Vous allez casser mon beau vase étrusque !* » et « *elle saisit le vase étrusque et le brisa en mille pièces sur le plancher* ». Le vase brisé met fin, symboliquement, à la jalousie de Saint-Clair.

• **Rapprochements** : nombre de pièces ou de romans ont pour thème ou pour ressort la jalousie. Parmi les classiques, il est difficile de ne pas évoquer Shakespeare ou Racine : jalousie d'Othello, de

Phèdre, d'Hermione (*Andromaque*), de Roxane (*Bajazet*). Tous ces personnages passionnés provoquent, directement ou indirectement, la mort de ceux qu'ils aiment. Les méfaits de cette passion ont été aussi décrits par Mérimée dans *Carmen*. À la différence de Mathilde, Carmen n'est pas sans reproche : «*Je suis las de tuer tous tes amants*», dit Don José, «*c'est toi que je tuerai*». Violent et possessif, conscient aussi de sa dégradation sociale, il tuera Carmen.

PEUR
•

• **Dans l'œuvre** : le héros, par définition, ne connaît pas la peur, ou, ce qui revient au même, s'il l'éprouve parfois, il la domine sans peine. Ni Saint-Clair (*Le Vase étrusque*) ni Roger (*La Partie de trictrac*) ne craignent la mort : ils semblent même la rechercher, le premier allant exposer sa vie dans un duel inutile et stupide, le second cherchant à oublier dans la mort les remords qui le taraudent. L'attitude courageuse du roi (*Vision de Charles XI*) prend plus de relief, comparée à celle du comte qui se dit incapable de défier l'enfer, ou à celle du concierge qui tremble tellement qu'il ne peut ouvrir la porte de la salle mystérieuse. Quant au lieutenant de *L'Enlèvement de la redoute*, bien qu'il se dise affecté par le présage de la lune rouge, et assailli la nuit par de sinistres pensées, pendant la bataille, curieusement, il n'a pas peur : «*Au reste, je n'avais pas peur, et la seule crainte que j'éprouvasse, c'était que l'on ne s'imaginât que j'avais peur*». Affirmation martiale qui se trouve quand même un peu atténuée quelques lignes plus bas : «*je sentais [...] que je devrais toujours paraître froidement intrépide*», car «paraître» intrépide, ce n'est pas forcément l'être.

• **Rapprochements** : si la peur est fréquente dans les récits de bataille, elle ne peut être totalement absente des œuvres fantastiques. C'est un thème cher à Maupassant. On peut citer entre autres contes, *La Main d'écorché, La Peur, Apparition, le Horla*. Elle apparaît également dans certaines *Histoires extraordinaires* d'Edgar Poe, *Une descente dans le Maëlstrom*, par exemple.

SANG
•

• **Dans l'œuvre** : toutes les nouvelles ont pour thème la violence, et la référence au sang est constante – sauf dans le combat entre Thémines et Saint-Clair, simplement peut-être parce que ce duel est raconté par un témoin avec beaucoup de détachement. Et il ne s'agit pas du terme noble, tel qu'il est parfois utilisé dans la tragédie («*Viens, mon fils, viens, mon sang*» dit Don Diègue à Rodrigue), mais du sang concret et rouge dont l'apparition signale la blessure ou la mort. Le bandit corse laisse derrière lui *« des traces de sang »* ; Tamango, *« la bouche sanglante »*, achève le capitaine Ledoux dont il prend *« le sabre sanglant »* : le lieutenant Roger, blessé, est *« tout couvert de sang »* ; le jeune lieutenant de Cheverino constate qu'un officier a été tué à ses côtés et – détail horrible – qu'il est *« couvert de sa cervelle et de son sang »* ; dans la vision du roi de Suède, le mot *« sang »* revient trois fois en huit lignes : *« un sang frais et vermeil »* coule d'une blessure, *« un ruisseau de sang jaillit sur l'estrade »*, qui teint *« de sang »* les pieds du roi... Cette référence au sang, à la couleur rouge, est d'autant plus remarquable que Mérimée use d'un style sobre, qui décrit avec précision les actions, les attitudes, les pensées, mais ne s'attache guère aux couleurs ni aux nuances.

• **Rapprochements** : on peut trouver confirmation de cette récurrence du terme aussi bien dans *Carmen* (la femme blessée par Carmen, *« couverte de sang, avec un X sur la figure qu'on venait de lui marquer en deux coups de couteau »*, ou bien le *« bouillon de sang gros comme le bras »* qui sort de la gorge du brigand frappé par Don José), que dans *Lokis* (*« la jeune comtesse était étendue morte sur son lit, la figure horriblement lacérée, la gorge ouverte, inondée de sang »*), ou dans la *Chronique du règne de Charles IX* (*« Le sang* [– il s'agit du sang d'un cerf –] *jaillit avec force, et couvrit la figure, les mains et les habits du roi »*).

Le sang permet une dramatisation de l'action et souligne souvent la cruauté ou la passion de celui qui le répand. Il semble avoir exercé sur Mérimée une véritable fascination.

Adonis : jeune homme d'une grande beauté dont s'éprit Aphrodite.

Almées : danseuses et chanteuses orientales.

Ankarstroem : jeune gentilhomme qui tira sur le roi Gustave III de Suède, au cours d'un bal, dans la nuit du 15 au 16 mars 1792.

Bart (Jean) : corsaire français, anobli par Louis XIV (1650-1702).

Bastia : chef-lieu du département de Haute-Corse, sur la côte nord-est.

Bédouins : Arabes nomades.

Brahé (1602-1680) : dignitaire suédois.

Brummel (George) : dandy anglais (1778-1840).

Cadix : ville du sud de l'Espagne, sur l'Atlantique.

Charles XI (1655-1697) : roi de Suède qui rétablit la monarchie absolue à partir de 1680.

Charles XII : fils du précédent, roi de 1697 à 1718.

Charlet (Nicolas) : peintre et lithographe français (1792-1845) qui illustra l'épopée napoléonienne.

Cheverino : voir Schwardino.

Coptes : Chrétiens d'Égypte.

Coran : livre sacré des Musulmans.

Coriolan : ce général romain qui, à la tête des Volsques, marchait sur Rome, n'épargna la ville que sur les supplications de sa mère.

Corte : ville de Haute-Corse, dans le centre de l'île.

Croquemitaine : personnage imaginaire dont on menace parfois les enfants.

Diebitch-Zabalkanski (Hans, comte de) : maréchal russe (1785-1831) vainqueur des Turcs (1825-1827).

Essling : ville d'Autriche où, le 20 mai 1809, Masséna et Lannes vainquirent les Autrichiens. Le « pont » est en fait un pont de bateaux qui reliait l'île Lobau à la rive gauche du Danube.

Fellahs : paysans arabes.

Fondi : ville d'Italie sur la voie Appienne, à 80 km de Naples.

Gustave II Adolphe : roi de Suède (1594-1632) qui monta sur le trône en 1611. Vainqueur à Leipsick et Lutzen, où il mourut.

Gustave III : roi de Suède, despote éclairé qui revint à l'autoritarisme (1746-1792).

Gustave IV Adolphe : fils du précédent, il régna de 1792 à 1809.

Hyères : commune du Var, à 18 km de Toulon.

Ibrahim (1789-1848) : vice-roi d'Égypte, fils de Mohamed Ali, pacha d'Égypte, il écrasa l'insurrection grecque (1825-1827).

Iéna : ville d'Allemagne. Napoléon y remporta une victoire sur les Prussiens le 14 octobre 1806.

Jersey : île anglo-normande.

Joale (ou Joal) : port du Sénégal.

Kingston : capitale de la Jamaïque.

Lapithe : ce peuple de Thessalie vainquit les Centaures (Mythologie).

Leslie (Charles Robert) : peintre anglais (1794-1859).

Lovelace : personnage de *Clarisse Harlowe*, de Richardson. Débauché.

Manton (Joseph) : armurier anglais (1786-1835).

Mécène : Caius Cilnius Maecenas, ami d'Auguste, protégea les arts (vers 69-8 av. J.-C.).

Memnon : sa statue, élevée près de Thèbes, vibrait, disait-on, sous les premiers rayons du soleil.

Moeler (Mälar) : lac de Suède qui s'ouvre sur la Baltique.

Mohamed (ou Mehemet) Ali : pacha d'Égypte (1769-1849).

Mourad (ou Murad) Bey (1750-

1801) : chef des Mamelouks d'Égypte, il fut vaincu par Bonaparte à la bataille des Pyramides.

Pasta (Giuditta Negri) : cantatrice italienne (1798-1865).

Peuls : peuple de l'Afrique occidentale. Leur langue est parlée du Sénégal au Cameroun.

Portsmouth : port anglais. Les prisonniers y étaient gardés sur des pontons.

Porte : porte du Vieux Sérail de Constantinople. Par extension : la Turquie.

Porto-Vecchio : port du sud-est de la Corse.

Ritterholm (Riddarholmen) : une des îles sur lesquelles s'est bâtie Stockholm.

Schrot : marchand de tableaux parisien.

Schwardino : la prise de cette redoute, le 5 septembre 1812, fut le prélude de la victoire de la Moskowa. Murat et le général Compans y remportèrent une victoire sanglante : on y dénombra environ 12 000 morts.

Sévigné (marquise de) : femme de lettres (1626-1696).

Sontag (Henriette) : cantatrice allemande (1806-1854).

Staub : tailleur en vogue.

Sudermanie : le duc de Sudermanie (1768-1818), succéda en 1809 à son neveu Gustave IV, chassé par une révolution.

Tortoni : célèbre café parisien, sur le boulevard des Italiens.

Trafalgar : cap du sud de l'Espagne. Nelson y vainquit la flotte franco-espagnole, le 21 octobre 1805.

Verrière : bois dominant la vallée de la Bièvre, à 14 km de Versailles.

Wasa (ou Vasa) : Gustave Ier (1496-1560) fut le fondateur, en 1523, de cette dynastie suédoise.

Wellington : général et homme politique britannique (1769-1852).

antithèse : opposition de deux mots ou idées.

champ lexical : regroupement de termes se rapportant à une même idée. Ex. les mots «allégresse, rire, gaieté, plaisir...» appartiennent au champ lexical de la joie.

comparaison : procédé par lequel on rapproche deux termes ou deux idées à l'aide de conjonctions ou locutions conjonctives (comme, ainsi que...), d'adjectifs (semblable, pareil...) etc. Ex. «*Le poète est semblable au Prince des Nuées*» (Baudelaire). Voir Métaphore.

couleur locale : effet produit par un ensemble de détails typiques d'un lieu ou d'une époque.

ellipse narrative : événement ou suite d'événements qui ne donnent lieu à aucun développement dans le récit, qui sont passés sous silence.

exposition : début d'une œuvre (en particulier théâtrale) destiné à informer le lecteur ou le spectateur sur l'action, le lieu, les personnages.

fantastique : au sens étymologique signifie «imaginaire» puis, par extension, «sans rapport avec la réalité», d'où «chimérique» et, depuis le début du XIXe siècle, «étrange», «surnaturel».

ironie : figure qui consiste à dire le contraire de ce que l'on pense ou de ce que l'on veut faire entendre.

métaphore : procédé qui consiste à rapprocher implicitement deux éléments, sans outils grammaticaux, à la différence de la comparaison. Ex. : la lune = «*cette faucille d'or*

dans le champ des étoiles» (Hugo) ; «*Votre âme est un paysage choisi*» (Verlaine).

métonymie : procédé qui consiste à remplacer un mot par un autre, à désigner le contenu par le contenant («boire un verre»), le tout par la partie («une voile = un navire»), la fonction par l'objet (la robe = la magistrature) etc.

narrateur : personnage qui raconte ou commente une histoire (différent de l'auteur, qui imagine et compose le récit).

onomatopée : mot formé par harmonie imitative. Ex. «glouglou», «ronron».

pathétique : émouvant, touchant.

péripétie : changement subit qui se produit dans la situation d'un personnage de théâtre ou de roman.

périphrase (synonyme : circonlocution) : procédé qui consiste à désigner une personne ou un objet par un groupe nominal. Ex. : Flaubert = «l'auteur de Madame Bovary.»

plan : cadrage d'une scène filmée : plan d'ensemble (tout le paysage), plan moyen (personnage en pied), plan américain (personnage à mi-cuisse), plan rapproché (buste), gros plan (visage)... C'est aussi l'ensemble des images filmées au cours d'une même prise de vue.

réaliste : qui reproduit le réel, sans chercher à l'idéaliser.

symbole : objet qui représente une idée abstraite. Ex. : la balance est le symbole de la justice.

SUR MÉRIMÉE ET SON ŒUVRE
•

P. Mérimée : *Correspondance générale,* établie et annotée par Maurice Parturier avec la collaboration pour les tomes I à VI de Pierre Josserand et Jean Mallion. Tomes I à VI : Paris, Le Divan, 1941-1947. Tomes VII à XVII : Toulouse, Privat, 1953-1964.

P. Mérimée : *Mosaïque.* Texte établi et annoté avec une introduction par Maurice Levaillant. Paris, Champion, 1933.

A. Filon : *Mérimée,* Hachette, 1898.

P. Trahard : *Prosper Mérimée et l'art de la nouvelle,* Paris, Presses universitaires, 1923.

P. Trahard : *La jeunesse de Prosper Mérimée (1803-1834),* Paris, Champion, 1925.

Marquis de Luppé : *Mérimée,* Albin Michel, 1945.

E.-J. Delécluze : *Journal.* Publié avec une introduction et des notes par R. Baschet, Grasset, 1948.

P. Léon : *Mérimée et son temps,* Paris, Presses universitaires, 1962.

A. Naaman : *Mateo Falcone de Mérimée,* Nizet, 1967.

L. Czyba : «Traite et esclavage dans *Tamango*», *Europe,* septembre 1975.

SUR L'ESCLAVAGE
•

Mungo Park, *Voyage dans l'intérieur de l'Afrique fait en 1795, 1796 et 1797,* François Maspéro, 1980.

P. Paraf, *L'homme de toutes les couleurs,* éd. Messidor/La Farandole, 1973.

J. Meyer, *Esclaves et négriers,* Gallimard, 1986.

M. Lengellé, *L'esclavage,* P.U.F., «Que sais-je ?», 1955.

FILMOGRAPHIE :

La montagne est verte, de J. Leherissey, avec Michel Vitold dans le rôle de Victor Schoelcher.

Tamango, de John Berry (1958), avec Dorothy Dandridge, Curd Jurgens, Jean Servais, Roger Hanin.

SUR LES NAVIRES
•

Louis Le Roc'h Morgère, *Navires mémoire de la mer,* Rempart, Paris, 1990.

J.-H. Martin et G. Bennet, *Le monde fascinant des bateaux,* Octopus Books limited, 1977, Londres ; Gründ, Paris, 1977 pour la traduction française.

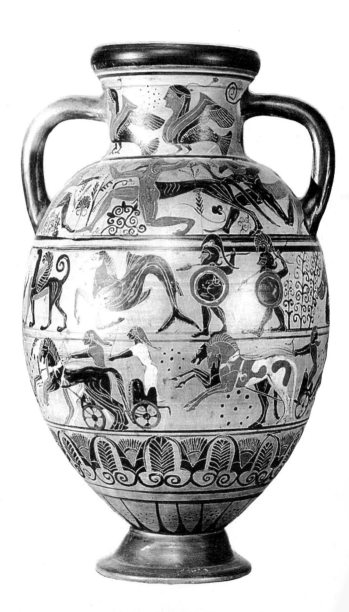